Notas sobre o abismo

de Rosario Nascimento e Silva

NOTAS SOBRE O ABISMO

de Rosario Nascimento e Silva

PORTO ALEGRE
2012

Rosario Nascimento e Silva é representada
pela Agência da Palavra – Agenciamento Literário e Projetos Editoriais

Concepção do projeto, coordenação editorial e seleção de textos
Agência da Palavra

Capa
Humberto Nunes

Projeto gráfico
Humberto Nunes e Vanessa Balula

Revisão
Rodrigo Rosp

Dados Internacionais de Catalogação na Publicação (CIP)

S586n Silva, Rosario Nascimento e
Notas sobre o abismo / Rosario Nascimento e Silva. – Porto Alegre : Dublinense, 2012.
144 p. ; 21 cm.

ISBN: 978-85-62757-55-6

1. Contos Brasileiros. 2. Literatura Brasileira. I. Título.

CDD 869.987

Catalogação na fonte: Ginamara Lima Jacques Pinto (CRB 10/1204)

Av. Taquara, 98/504
Petrópolis – Porto Alegre – RS

contato@dublinense.com.br

dublinense

"Escrevo-te em desordem, bem sei. Mas é como vivo. Eu só trabalho com achados e perdidos."

Clarisse Lispector

MAIS NOTAS SOBRE O ABISMO

Rosario chegou à Agência da Palavra acompanhada de adjetivos e superlativos. Foi Siomara Tauster, grande jornalista, a responsável por esse encontro. Então, era ela, Rosario, a mesma mulher que, em 2007, havia lançado um título – *Abrace-me urgentemente* – delicado e devastador. Essa lembrança só nos dava uma vaga ideia do que estava por vir.

Sua primeira obra que tivemos em mãos, recusamos. Uma recusa com defesa, justificativa, embasamento. Precisávamos provar para nós e para ela que o não tinha uma razão de ser. E foi assim que Rosario teve certeza de que seríamos nós: a desafiamos sem saber.

Em pouco tempo, seus contos chegaram à Agência. Todos inéditos. O título da obra já estava lá, como quem mais uma vez se antecipa: *Até logo, amor*.

Entre textos viscerais e pungentes, encontramos muitos nós. Na garganta de todos – personagens ou não. Assim, Rosario nos ocupou os espaços com um entusiasmo quase sufocante. Chegou mansa e tomou conta, com uma única certeza: precisavam ser publicados o quanto antes. Rosario tinha pressa. Mais. Tinha uma urgência que até então não entendíamos. Tudo era agora. "Gritem, berrem, e eu agradecerei do fundo da minha alma!", se lê em um de seus contos. Um compromisso. Uma sofreguidão que passou a nos acompanhar.

A cada semana, mais e mais contos nos chegavam de forma desordenada. Eram muitos.

Em uma seleção de textos que parecia não ter fim, fomos descobrindo em suas vozes inquietantes onde se encontravam. Estavam ali todos os uníssonos no abismo.

Foram muitas as leituras e releituras dos contos e, a cada novo olhar sobre o Notas sobre o abismo, as frases pareciam saltar: "De uma forma ou de outra, chego ao fim. Escrevo do abismo". Era isso a entrega aos abismos de forma visceral.

Os contos precisavam ser mais. Precisavam gritar, cada um a seu modo, seus loopings. Suas personagens – na esmagadora maioria, femininas – precisavam de outras vias de manifesto. De outras formas de exposição. Começamos a pensar em traçar uma narrativa gráfica que falasse mais sobre todos. Era preciso mais do que uma palavra após a outra. Suas personagens pareciam nos guiar a cada esboço. Rosario abraçou cada desafio proposto. Brindamos todas as loucuras com os piores capuccinos do mundo – os preparados por Rosario levavam um terço de água e todo (ou quase todo) o pote do pó instantâneo. "Senão, ficam muito sem graça, sem gosto", dizia. Sim, com Rosario tudo tinha mais sabor. Enquanto nos entretínhamos com o esboço do que viria ser a narrativa gráfica do livro, nossos capuccinos borbulhavam sozinhos nas canecas estacionadas em algum canto da sala; canecas que, por fim, já não tinham mais dono. Rosario, sem se dar conta, se adonava de todas sem se importar. Capuccino sarcástico, entusiasmado, ousado, curioso, atento – essa parecia ser a melhor receita: muito pó para pouca água.

As edições dos textos foram muito discutidas. Negociamos cada frase. Rosario venceu em todas. Os contos lidos por ela ganhavam força e nos tiravam o fôlego.

Nossas conversas com Rosario eram intercaladas por breves respiros, em que ouvíamos a clássica frase entusiasmada: "Tá ficando um barato hein, meninas?". Conforme o projeto foi crescendo, conhecemos a Rosario em uma versão mais pragmática: "E as editoras vão mergulhar nessa?". Não sabíamos. Torcíamos que sim. Quase apostávamos.

Um appetizer do projeto foi trabalhado por nós para ser apresentado às editoras. E assim tudo cresceu. Tomou forma. E com ele, a certeza. Sem guardar elogios ou angústias para o dia seguinte, ouvimos do outro lado da linha: "É isso aí! Vamos seguir em frente. Tô muito feliz. Vocês acertaram, meninas. Fizeram um golaço!". Do que mais precisávamos? Dela, Rosario.

Ela que partiu sem aviso prévio. Aos editores, avisamos: tudo agora precisa parar. Há muito o que se resolver. Sua partida nos deixou sem fala.

No ano seguinte, seus últimos contos nos foram entregues pela família. E mais tantas outras obras inéditas. Selamos mais um compromisso com Rosario: manteríamos tudo o que idealizamos em sua companhia e mais: teríamos, sim, também seus textos integrais sem nenhuma edição ou interferência e, como não poderia deixar de ser, incluiríamos seus últimos textos.

Já nessa nova fase, a editora Dublinense foi a primeira a ter seu nome levantado para receber o projeto. Seu editor, Rodrigo Rosp, abraçou todas as propostas logo de primeira e seguiu conosco. E nos deu fôlego.

Uma nova seleção dos textos e edição foi trabalhada por nós. Pelos registros das datas, encontramos todos os seus últimos textos, o que nos mobilizou e nos envolveu ainda mais.

Aqui, seu último conto, *Minha alma vagabunda*, incompleto – um segundo dia que não veio.

Júlia Viegas e Vanessa Balula
Agência da Palavra

Escrevo isso sob pena
de não ser lida.

Que dia é hoje?

...., de.................................de...................

MORRE E NASCE NO RIO DE JANEIRO

ANA PAZ

Hoje será o primeiro dia do resto da minha vida. Pego meu neto pela mão, caminho a passos apressados, desvio-me das pessoas, quase corro rumo à saída.

abismo *s.m.* **1** grande depressão ou cavidade natural, quase vertical, de fundo muitas vezes inexplorado; precipício, profundeza **2** lugar escarpado, íngrime, de forte declive; despenhadeiro **3** aquilo que é imenso, incomensurável **4** tudo que é insondável, misterioso, assombroso **5** grande distância, profunda separação **6** o último grau, o extremo **7** situação difícil, problemática, insustentável **8** a confusão primitiva antes da criação do universo, da natureza; o caos **9** o inferno **10** o fundo do mar; **a. submarino**, sem fundo

abismoso caracterizado pela presença de abismos. *s.m.* caos, confusão, desordem **2 desonra:** perdição, vergonha **3 despenhadeiro:** báratro, escarpa, grotão, precipício, sorvedouro, talhado, voragem **4 distanciamento:** separação **5 extremo:** máximo **6 imensidão:** amplidão, imensidade, infinito, vastidão **7** inferno **8 mistério:** arcano, bruma, charada, enigma, incógnita, segredo,sombra **9 oceano:** mar, pego, pélago **10 profundeza:** fundura, poço, profundidade

Me namoro de longe,
de perto é perigoso.
Posso brigar comigo.

Quantas eu sou?

Quero-me secreta.
multifacetada na multidão
medo e prazer

Mais prazer
que medo.
Seria divertido
nunca mostrar-me
inteira, só uma
das faces.
Porque não posso
revelar-me só aos
poucos e para
alguns escolhidos?
Conheço gente
assim.

PhD
PhD
Cruzo comigo
mesma pelas ruas
e invariavelmente
pergunto quantas
andarão comigo
É estranho ser assim
bipartida.

Minha alma foi banhada por inúmeras
cores e tons diversos nela moram.
Como sei isso? Sabendo. Foi um amigo
muito, muito velho que me contou.

quando minha alma encontrar a tua,
não precisaremos de palavras, usaremos
símbolos, se muito necessário.
No dia de nosso encontro, sugiro que
ninguém saia de casa. tudo é possível:
de eclipses a maremotos. Deus, que esse
dia venha logo, é só o que peço!

Paradoxo dos paradoxos,
Continuar secreta.

Quantos seres estranhos me habitam?
Sou múltipla e una e afirmo:
isso é possível.

Trazer a outra em mim para
conviver comigo.

Sei que é possível.

Eu olho as
luzes da
cidade e me
pergunto o
que foi feito
de mim,
o que foi
feito de nós?

Aqui de cima tudo parece tão longe, pequeno e irrelevante.

E agora você parte novamente e me deixa aqui
completamente só. Agora que você vai, nada mais
importa - só o fato de você ir.
Nosso filho aqui no colo levanta os olhinhos risonhos
e parece indagar de você também. Desta vez não tenho
respostas. Gostaria de tê-las, por nós e por ele.
A nossa relação é indissolúvel, eu sei. Confio nisto.
Enlouqueço às vezes e tenho ímpetos de jogar tudo pro
alto, nós, os tantos projetos feitos...
É chorando lágrimas de sangue que te imploro: Volta!
Tenho pavor de não mais te ver. De não mais me ver.

Sonho me
transformar
em outra mulher.
Essa sim, louca
pervertida e cheia
de taras.

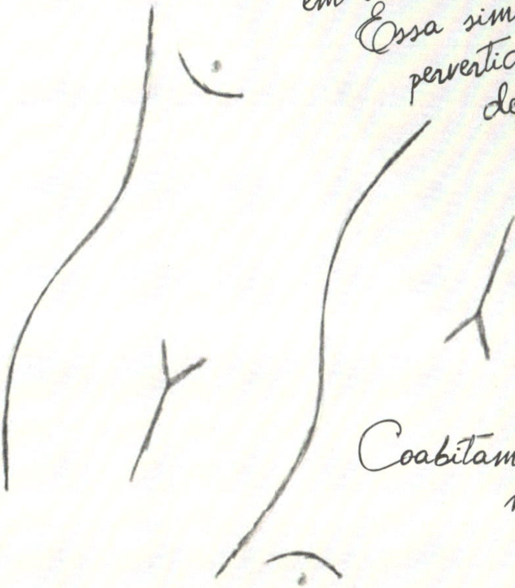

Coabitamos as duas
no mesmo corpo

Corro para frente do espelho
me maquio a mais não poder.

Caralho! que é pra ver se
combina e pulo nos saltos altos.

Meu eu verdadeiro, quero crer.

Na realidade coabitamos
as duas no mesmo corpo
confortavelmente.

Sou outra mulher Uma pervertida
Cheguei
a mostrá-la pra você e até pareceu disposto a largar-me por ela. Mas se sentiu confuso e optou por comodismo pelo meu eu de sempre.
Pra você eu sou aquela, Que seja! - mas lá no fundo sou essa desbocada e pervertida.

Hoje, vou deixar nosso filhote dormindo e juro, juro, caceta! que não estarei me vingando, mas a levarei, essa puta!, pra passear porque eu estou precisando.

Até logo, amor

Procurarei você em cada corpo
nu a que eu me entregar, farei
hoje do sexo religião. Missas
negras rezarei em tua homenagem,
lábios me procurando carentes,
membros se intumescendo
sob a calça. Me colocarei em
oferenda ao sexo como quem
reza, com igual fervor e devoção.
Isso tudo farei em tua homenagem.
e pensarei em você trepada
por trepada, orgasmo por orgasmo
em cada palmo de corpo nu
que eu visitar. Como isso é bom.

Aleluia, amém.

O ritmo
das ruas, o
frio na alma,
o medo da
loucura, esse
meu amor
que nunca
chega...

Não importa, não quero mais. Tenho que driblar a dor. Tento driblar a dor, mas ela me alfineta a alma.

O vaivem do trânsito. Sofrer não tem hora, lugar? Coração bate forte, bate rápido, bate mais. Sinal dos tempos.

Eu envelheço... Tem importância? Só a depressão crescente.

Tenho que driblar a dor da dor, da falta de amor, vazio na alma, pânico presente, vertigem, vontade de morrer e rápido, zás. Que seja indolor, que seja breve.

Alguém falou
de uma luz?
Fim do túnel.

Coração que pul-sa, coração que sente.

O medo vem na boca, que seca e emudece... Vertigem.

Meu coração batia desenfreado, descompassado, como o ritmo das ruas.

A agonia era tal que não me permitia pensar. Também, pra quê? Não dava pra mudar as coisas... A angústia não me dava descanso. Minha cabeça perecia bateria de uma escola de samba. Minha taquicardia absurda fazia meu coração bater na boca. Tudo passa voando ante meus olhos: carros, edifícios, pessoas, tudo. Não consigo me fixar em nada. Também pudera, foi assim que a maioria das pessoas escolheu viver. Que pode fazer um pobre vagabundo como eu?

Falta de ar, muita falta de ar... Tô com medo de de repente acontecer o meu final, logo agora que resolvi encarar tudo de frente, fazer minha vida finalmente ter sentido. Não. Não vou deixar. Sou forte, combativo, lutarei até o último minuto.

Meus olhos, braços, meu corpo curvado...
A enorme lua preta da depressão
me espreita. Vontade de dormir
e não mais acordar

Tento vida normal

Ela quer ser sempre parceira.
E participar ciumenta do que
eu faça ou não. Maldita!

Tento esquecê-la em vão. Tudo em vão.

Meus olhos braços meu
corpo curvado... tudo em mim
é retrato do fracasso.

As pessoas temem
essa palavra:

FRACASSO

Eu não quero o sucesso

Não sempre.

olhos braços meu corpo curvado...
a derrota. A fotografia da derrota.

Entrem na fila, mesmo anônimos,
engrossem a fileira.

Gostaria de saber não estar
só nessa parada. na vida
estamos na verdade sempre sozinhos.

Gritem, berrem! Eu também,
eu também... e eu agradecerei
do fundo da alma.

Sou má, sem ser... Vil-Má.
Vilma, imensamente
boa em minha maldade.

Faço chantagens, gosto
de chafurdar na lama com
seu mau-cheiro
e viscosidade.

Durmo no esgoto
Sou o cio dos gatos.

De cafetina a prostituta fiz de tudo nessa vida de merda. Digo de boca cheia: já fiz de tudo nessa vida de merda! com o maior orgulho.

consegui achar alguém pior do que eu. É verdade. Não foi amor, foi tesão. Tesão é uma espécie de amor. Não é bem um casamento ou arranjo, é uma quadrilha à la Bonnie e Clyde

Conheci o Marco num ménage à trois, a tão popular suruba. Onde eu descobri que ele tinha AIDS como eu. Continuamos fazendo as surubas juntos e a doença rola expressa. Tem pessoas que como nós sonham ser infectadas para infectar o próximo e o cara do lado e o mundo afora.

Somos muito felizes
assim Vocês não vão
nos dar os parabéns?!
Pois deviam.

quá-quá-quá-quá-quá

É, a felicidade bate
na porta de quem
não merece.

É muito bom te
inventar hasces do
nada porque eu
assim quero.
te transformarei
em algo que ainda
não sei porque desejo
quero-te abstrato.
abstrato é tudo

só existes no
campo das
possibilidades
é como hipótese
que te amo

Não te
arrependerás de
teres vindo.
Nem eu de ter te
inventado.

Agora basta,
quero-te matéria.
Quero-te aqui.

Ele ali, na cabeceira da cama.
Eu, aqui. Mesmo deitada ainda posso
buscá-lo pelo canto do olho.

lacônico como sempre

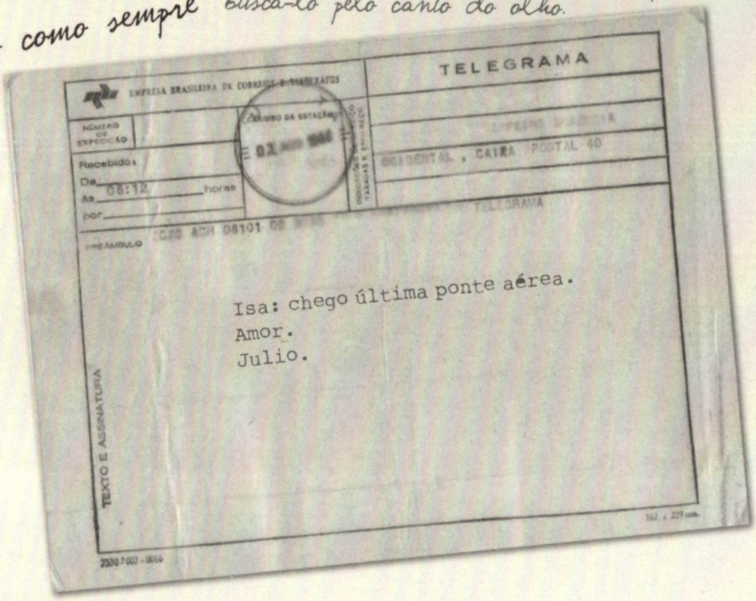
TELEGRAMA
EMPRESA BRASILEIRA DE CORREIOS E TELÉGRAFOS
NÚMERO DE EXPEDIÇÃO
Recebido:
De
Às 08:12 horas
por
PREÂMBULO
TEXTO E ASSINATURA

Isa: chego última ponte aérea.
Amor.
Julio.

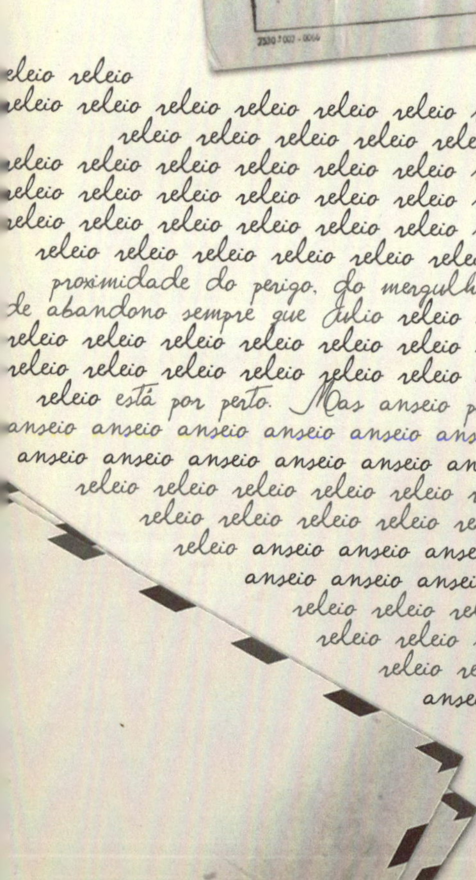

releio releio
releio releio releio releio releio releio releio releio releio releio releio releio
releio releio releio releio releio releio releio releio releio
releio releio releio releio releio releio releio releio releio releio releio releio
releio releio releio releio releio releio releio releio releio releio releio releio
releio releio releio releio releio releio releio releio releio releio releio releio
releio releio releio releio releio releio releio releio releio releio sei da
proximidade do perigo, do mergulho no vácuo e da minha sensação
de abandono sempre que Julio releio releio releio releio releio releio releio
releio releio releio releio releio releio releio releio releio releio releio releio
releio releio releio releio releio releio releio releio releio releio releio releio
releio está por perto. Mas anseio por isso. anseio anseio anseio anseio
anseio anseio anseio anseio anseio anseio anseio anseio anseio anseio anseio
anseio anseio anseio anseio anseio anseio anseio anseio anseio releio releio
releio releio releio releio releio releio releio releio releio releio releio
releio releio releio releio releio releio releio releio releio releio
releio anseio anseio anseio anseio anseio anseio anseio anseio
anseio anseio anseio anseio anseio anseio releio releio
releio releio releio releio releio releio releio releio
releio releio releio releio releio releio releio releio
releio releio releio releio releio releio anseio
anseio anseio anseio anseio anseio anseio
anseio anseio anseio anseio anseio
anseio anseio releio releio releio
releio releio releio releio releio
releio releio releio releio releio
releio releio releio releio releio
releio o anseio em meu seio

Daqui a pouco, vou
revê-lo, e esta casa, agora
tão quieta e arrumada,
ficará de pernas pro ar.

Daqui a pouco, também
serei o avesso do que
sempre fui.

Não sou mais criança, mas
a imagem que agora vejo no
espelho ~~me anima~~ me reanima.

chambre seda ~~levemente~~ transparente

Sou capaz de tudo nesses momentos em que ele
irrompe em minha vida, sempre chegando de algum
lugar que desconheço.

Lembro com vergonha
daquela vez em que ele
me obrigou a engatinhar,
suplicando por seu corpo
jovem.
depois, me saciou o gesto
certo, os dedos ágeis,
acariciando-me por inteira,
calmamente, docemente,
até que eu, não mais
agüentando, cheguei ao
orgasmo sem que ele me
tivesse possuído. Isso uma,
muitas vezes. Precisei
suplicar por seu sexo,
chorar, implorar por ele.

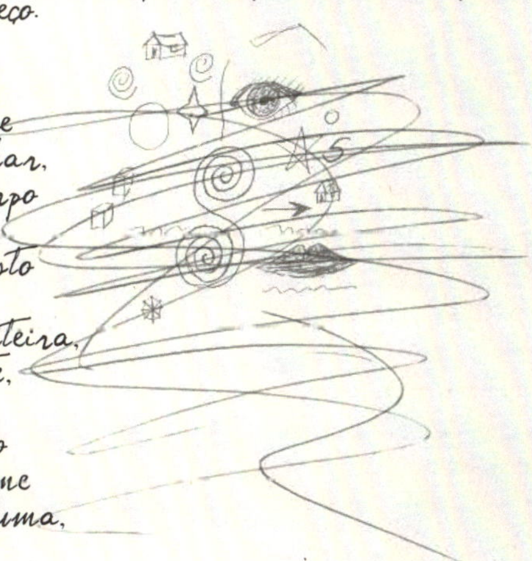

Julio é quase um bebê, um querubim, com seus cabelos
encaracolados, o sexo intumescido sempre à minha espera.
Sou obscena, ele é obsceno somos absurdamente
obscenos, juntos.

Por sua causa adotei estranhos hábitos
maquilagem pesada - me faz parecer ainda mais
velha sapatos de saltos enormes. são fetiches que o
excitam, e **sou capaz de tudo** para isso

um
retrato
de
menina

seu olhar
aberto
para o
mundo

emoldurado
por grossas
tranças

grupo
escolar
adolescente

o
primeiro
amor

o
casamento

Imagens que me levam
para muito, muito longe.

minha vida, antes tão vazia,
tão carente, transformou-se
no dia em que o encontrei
O dia virou noite, noite
de São João, de réveillon.
Fogos explodiram no céu e
dentro de mim.
Havia estrelas e uma lua
cheia.

Depois o sol raiou, imenso, avermelhado.
Foi assim, inesperadamente é sempre assim que
acontece - numa tarde qualquer, que Julio
finalmente me viu.

Haroldo e eu não nos bastávamos.

em pé diante do espelho,
devaneio
corpo aqui, coração onde?

Basta que Júlio faça a sua
parte e me dê o que desejo.

Continuará me tratando por
princesa ou minha rainha?
Envelhecer tem seu preço,
e pretendo pagá-lo centavo
por centavo, sem o menor
constrangimento.

Está na hora de tomar um
Saint Raphael, pôr uma
cinta-liga, meias pretas e
aqueles saltos

ele apareceu abraçado
a uma loura de pinta
brabíssima.

Fiquei puta.

fico puta pelo Julio
ser tão canalha.

Ménage a trois?
É assim que ele quer?

Assim será!

Sou uma pessoa sem história.
Me chamo Andrea e trabalhei toda a minha vida numa fábrica de botões.
Ninguém pode imaginar como isso pode ser monótono e mecânico.
Nada me prendia à Anápolis, meus velhos já eram falecidos, nunca casei, filhos. Nada.
interiorana burra e deslumbrada. E eu sou mesmo. Mas não me importa, a vida não me deu muitas oportunidades
Fui me acostumando, me encostando planta sem luz: pequena, feia, sem viço ou seiva. Seca.
Por isso, talvez, nenhum homem tenha se interessado por mim.

tanta beleza.
Essa cidade em maio...
Não sei nos outros meses,
mas em maio a luz aqui
é lindíssima não faz frio
nem calor.
É perfeito.

nada de especial para contar, a não ser essa minha paixão enlouquecida pela Cidade.

Cheguei de Goiás cedinho sem saber direito o que fazer.
conhecer o Rio, que só vira por fotos e filmes. floresta da Tijuca, Jardim Botânico, Alto da Boa Vista, Copacabana, Ipanema, Leblon, Niterói, tudo... vislumbrar o Rio de lá, inteirinho.

Que imensidão, meu Deus! Depois fui devagarzinho caminhando até o final daquela praia.

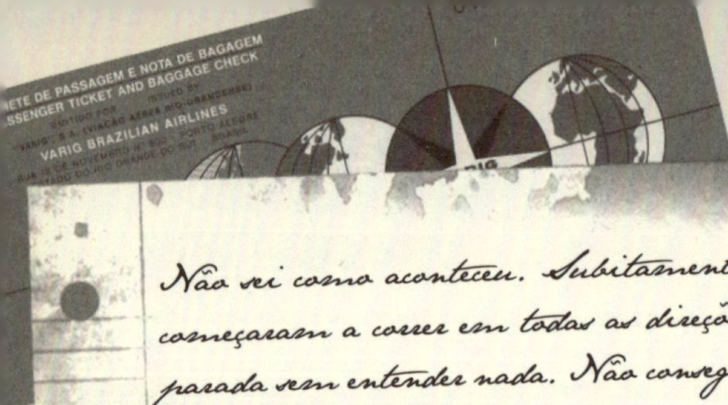

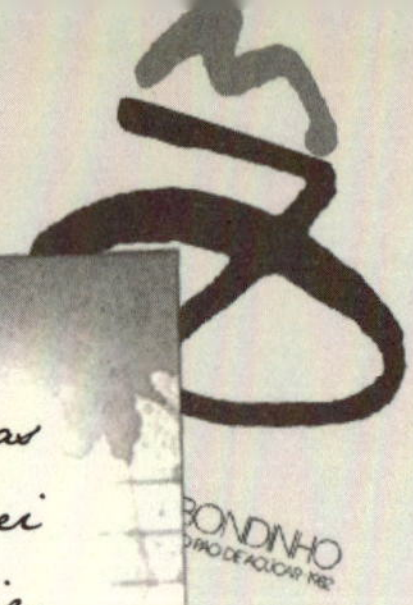

Não sei como aconteceu. Subitamente, pessoas começaram a correr em todas as direções, fiquei parada sem entender nada. Não consegui reagir. Morta de medo.

Pode passar tudo isso, tia. Vai passando e não me olha.

Agarrei com força minha maleta: tudo o que eu tinha, inclusive o dinheiro, estava guardado ali.

me virar para fugir. cercada por todos os lados. Crianças armadas de revólveres e canivetes.

Tremia. Tremia tanto

Agarraram e correram, correram tão rápido pisquei estava tudo acabado.

Eu era matuta mesmo, uma boba. Que ódio tive de mim. Fiquei sem reação. Agora estava tudo perdido. Todos os meus sonhos foram embora.

no banquinho chorei. Chorei de soluçar alto. Meu sonho acabou...

Fui andando pela areia ainda quente em direção ao mar. Completamente entregue. Entrei na água. Fui andando até perder o pé.

A lua já se insinuava
andando até uma coisa só:
o mar e eu.

Titia e o cão

– É o português, tia. Eu ando muito mal e sei que a senhora poderia me ajudar.

T t titia *titia*

voz forte de homem devagar, Lúcia, devagar. Um menino

j j j j j

cabelos em desalinho lábios carnudos desejo ele é apenas um menino.

t t t t

será? alerta perigo um menino ele é apenas um menino armação sexo caos

ja je ji jo ju

implorando rastejando por sexo seu corpo jovem junto ao meu tara paixão menage

ta te ti to tu

copie a história

Titia e o cão

Titia e o cão

De dia ele fica deitado e não

late. À noite, ele late: Au! Au!

Quero rastejando como o animal peçonhento que você é.

Assim, assim, assim tá melhor.

respeitosamente diz: senhora, minha tia. Isso, garoto. Agora está melhor. Pede perdão, veado, por tudo que você me fez passar.

titia titia titia lilia lilia titia titia titia titia titia

- Basta, garoto. Agora quem manda aqui sou eu.

Rasteja, filho da puta e leva essa putinha para rastejar com você

Assim, é pouco.

Agora, seu merdinha, fala quem é a titia aqui?! Fala assim dobrando a língua. Titia. Titia. Titia.

Repete comigo, ti-ti-a.

Chega de merda! Basta de falação.

Titia e o cão

a última e melhor gargalhada de toda a minha vida.

Pro inferno com tudo!

TÔ CAGANDO PRO QUE PENSEM.
NÃO TENHO TEMPO A PERDER.
É RIPA NA CHULIPA.

Trabalho aos rapidinhos ganhando minha vida pra dar amor pras madames e pros velhinhos também – e às vezes não são nem tão velhinhos assim. Não sei, é tudo igual pra mim. Ajoelhou? É tudo igual.

JÁ CONSEGUI ASSIM DAR UMA CASA PRA FAMÍLIA EM DIVINÓPOLIS. É.

COMO EU VIVO?! EU VIVO FODIDO.

não tiro ainda nada para mim. mas vai melhorar. tem que melhorar.

A minha ex, Roberta, também ganhava a vida assim. Roberta é nome de guerra, o nome mesmo é Marluce e ela é lá de Minas como eu, que também não me chamo Carlo, meu nome é Etelvino.
não conta não. tenho vergonha.

Eu era louco por aquela mulher. Para fazer o que eu fiz, precisa muita loucura mesmo. Mas não dava mais. Já tinha virado doença.
ela tava se engraçando para um cliente e avisei: assim não dá!
Ela queria porque queria largar essa vida e virar madame. Maluca, burra, sei lá o que mais.
Eu disse: Roberta, para! Senão sou eu que vou ter que te parar.
E ela não parou. Uma noite eu não aguentei e dei um fim nela. Isso já estava pra acontecer há muito. Foi o fim.

Vou preso por causa de uma puta?! Foda-se!

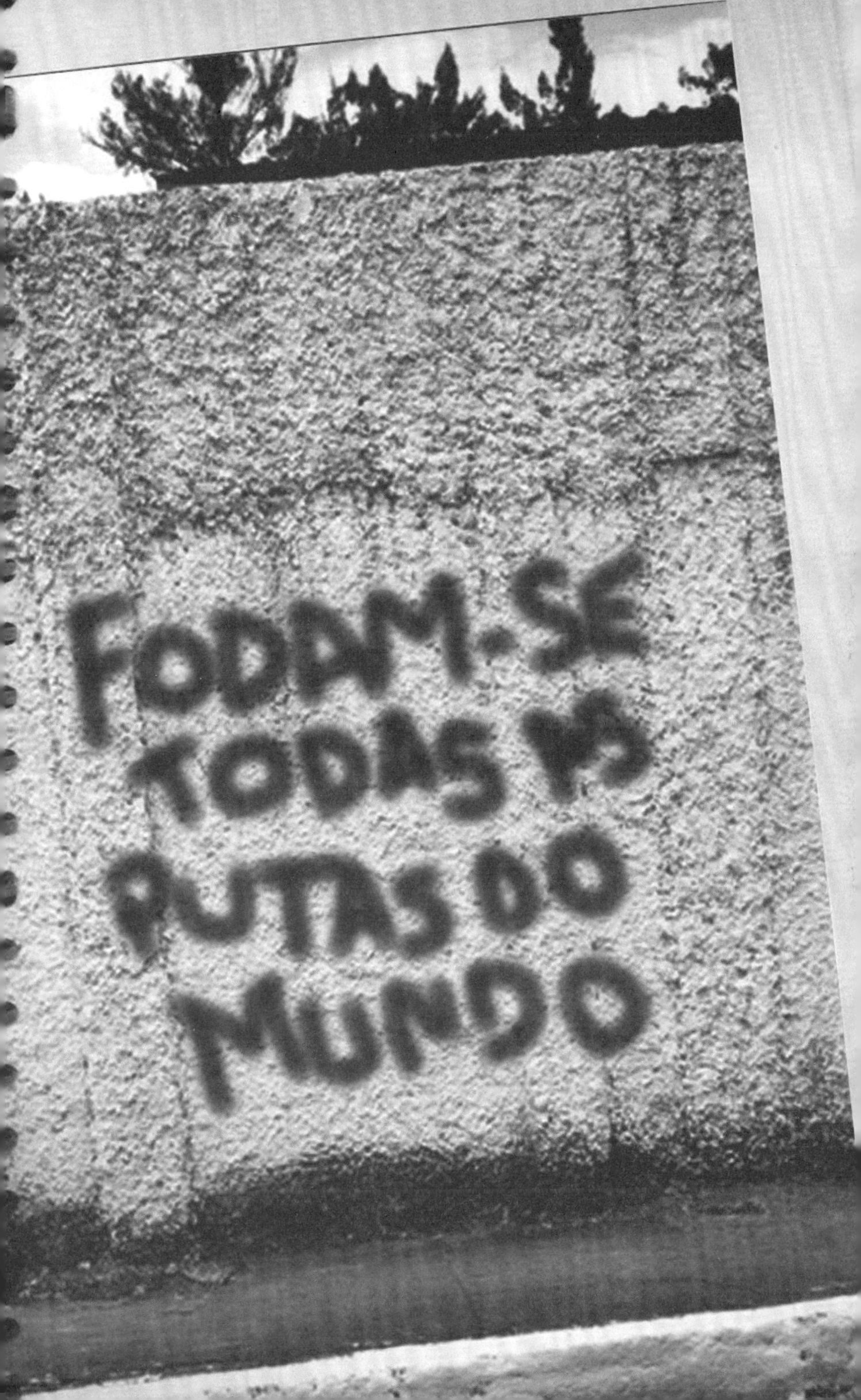
FODAM-SE
TODAS AS
PUTAS DO
MUNDO

EU, ABAIXO ASSINADA

Digo isso porque vão dizer para o senhor, seu repórter, que eu minto muito. Isso em parte é verdade, mas qual o interesse que eu tinha em mentir logo agora, que estou presa aqui e mentir de nada vai adiantar? E se a verdade sobre mim for do caralho? Pô, eu sei que palavrão não pode. O quê? Não tem importância?! Porra, caralho, merda e puta que pariu... (gargalhada)valeu, moço, deu pra relaxar um pouco. Eu ando que é só stress. Não é assim que se diz?!

Mas vamos lá, o senhor pergunta e eu respondo ping pong, tá? (dá outra gargalhada) Bom, como eu não tenho nenhum compromisso hoje, mesmo, até me diverte... O que? Pode ajudar? Ora moço, se fosse pra eu ter sido ajudada, Deus não me teria posto no mundo, só pra começar.

O senhor tá com o gravador ligado? Posso falar? Começa com o nome, né? Meu nome é Marcela, quer dizer, na verdade de nascença me chamo Eneida. E a idade dá pra falsear? Não?! Então, tá. 58 incompletos, quer dizer, não tenho ainda, né?

_ Fui muito bonita, sabe? É, o senhor acha? Não... Agora com essa vida de Deus dará ando muito castigada. Mas para o senhor ter ideia, trabalhei até em show de strip-tease. Tá surpreso? E ainda lhe digo mais, durante anos e anos, quem me obrigou a parar foi o calhorda do meu marido, falou que ia me tirar dessa vida e me cobrir de ouro. Tirar dessa vida tirou, daí a cobrir de ouro... (ri) só pode ser piada. É a puta dessa vida que não perdoa ninguém, vida madrasta, como dizem, no meu caso foram as drogas. Comecei puxando um fuminho de leve, quando fui ver eu tava no crack.

É... sabe como é, a gente faz essas coisas é para amortecer um pouco a dureza disso aqui. Mas a verdade é que só faz piorar. O pó era muito caro, então fui de crack, que era mais em conta. A verdade é que vicia mais rápido, só isso. Ninguém sacou legal, mas eu que tô aqui encarcerada posso dizer: o

Esse é um depoimento e o leitor tem que confiar na minha palavra.

mundo é também uma grande prisão. Eu só tive liberdade quando era criança... (muda de assunto) O senhor não acha que eles podiam desenhar um uniforme mais legal pra gente? Não muda nada, continuo presa só que chique. (gargalhadas)

Infância. Muita gente gosta de culpar pai e mãe por toda cagada que sofreu. Eu não. Fui muito feliz com meus pais e se alguém é culpado de algo, esse alguém sou eu própria. Era aí onde o senhor queria chegar e eu estava dando voltas evitando o assunto.

È horrível matar o próprio filho, né não? Fui até abusada aqui, por isso. Não importa. Quero é estar em paz com a minha consciência e tô. É... eu nunca confessei. Vou fazer isso agora em edição especial, o senhor ainda tá gravando? Beleza... Nunca achei, seu moço, que tivesse matando ninguém. Aquele menino era meu ai Jesus, eu só pensava nele, só vivia pra ele, mas o senhor sabe pobre não tem sorte nem nessa hora. Quando ele me apareceu com aquela doença que só fazia piorar eu pensei: porra, é sofrimento demais para criança tão pequena. Como é mesmo o nome da doença? Osteomielite. É isso. Osteomielite. É. É isso. Só faz piorar, né moço? Pois é me disseram... O senhor não conhece o desespero. O senhor não sabe o que é ver sua família passando fome na sua frente sem o senhor ter o que fazer. É foda. É foda mesmo. É tanta, tanta dor, mas tanta dor que a gente perde o juízo.

Eu pensei, se a culpa foi minha desse menino nascer assim por causa do crack eu sou a responsável, né isso? Não matei o Dudu, o que eu fiz foi libertar aquele anjinho por dó dele. Tenha a certeza, moço, ele tá muito melhor que nós, isso eu posso lhe jurar.

O senhor agora me daria um cigarro?

Eu limpa.

Detoxi,
como eles
dizem.
internada
aqui no
interior de
Minas sem
saber bem
o que vai
acontecer
comigo.

Eu, cheirada.

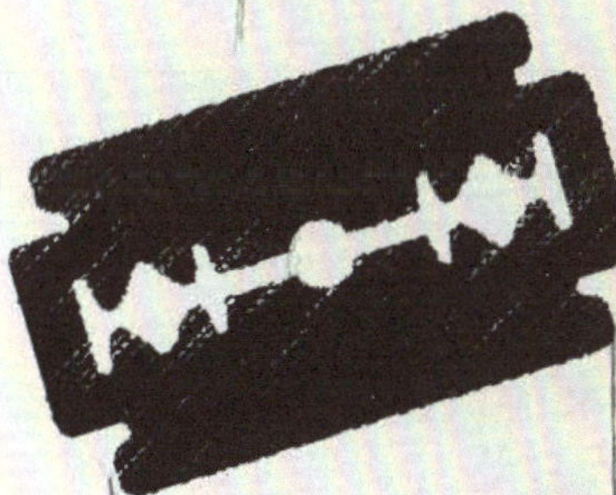

cheirada
cheirada
cheirada
cheirada
cheirada
cheirada

Torçam por mim

vejo
tudo
distorcido

as pessoas, assim,
me parecem
figuras de Francis
Bacon mais um
segundo e eu
estaria estirada no
chão

Quem sou eu?
É como me
sinto, de repente,
e bem no meio
da rua.

uma
no meio da
multidão

aberta
à visitação
pública

É quando você vier cheio de
amor pra dar eu vou dizer: não,
cara, teu tempo foi ontem, agora
passou, já era.
Agora não tô nem aí, boneco, tô
rindo de orelha a orelha por
ver como as coisas mudaram da
noite pro dia, agora a música
que toca pra mim é diferente.
É engraçado ver confirmado o
que eu já sabia quando se tem
grana todo mundo te bajula,
puxa o saco e por aí vai.

Chega a me dar asco!
E você, por quem sempre
fui fodidamente apaixonada,
sempre cagou na minha cabeça,
benzinho, não é mais assim que
a banda toca. Agora eu digo:
eu quero blues e toca blues

Agora, se você souber ser discreto, vai servir pra dar uma rapidinha, aí eu pago e pago bem. Você já foi o homem da minha vida, agora só serve pra isso mesmo. Sem essa bobeira de amor pra lá e amor pra cá. Agora na minha vida não tem mais espaço para isso, não.

Por essa ninguém esperava né não? Que a sorte grande fosse me sorrir. Mas ela me sorriu e vou te dizer, ô, babaca, eu não deixarei que me escape.

Tem muito otário por aí que costuma fechar a porta na cara dela. Eu não. Boas Vindas!

poder recomeçar do zero

tudo para mim será novo vou olhar as coisas ~~como se fosse~~ pela primeira vez porque de fato é assim.

Movida madrileña, estoy a camino!

Sempre fui louca por Almodóvar!

Tchin, tchin!

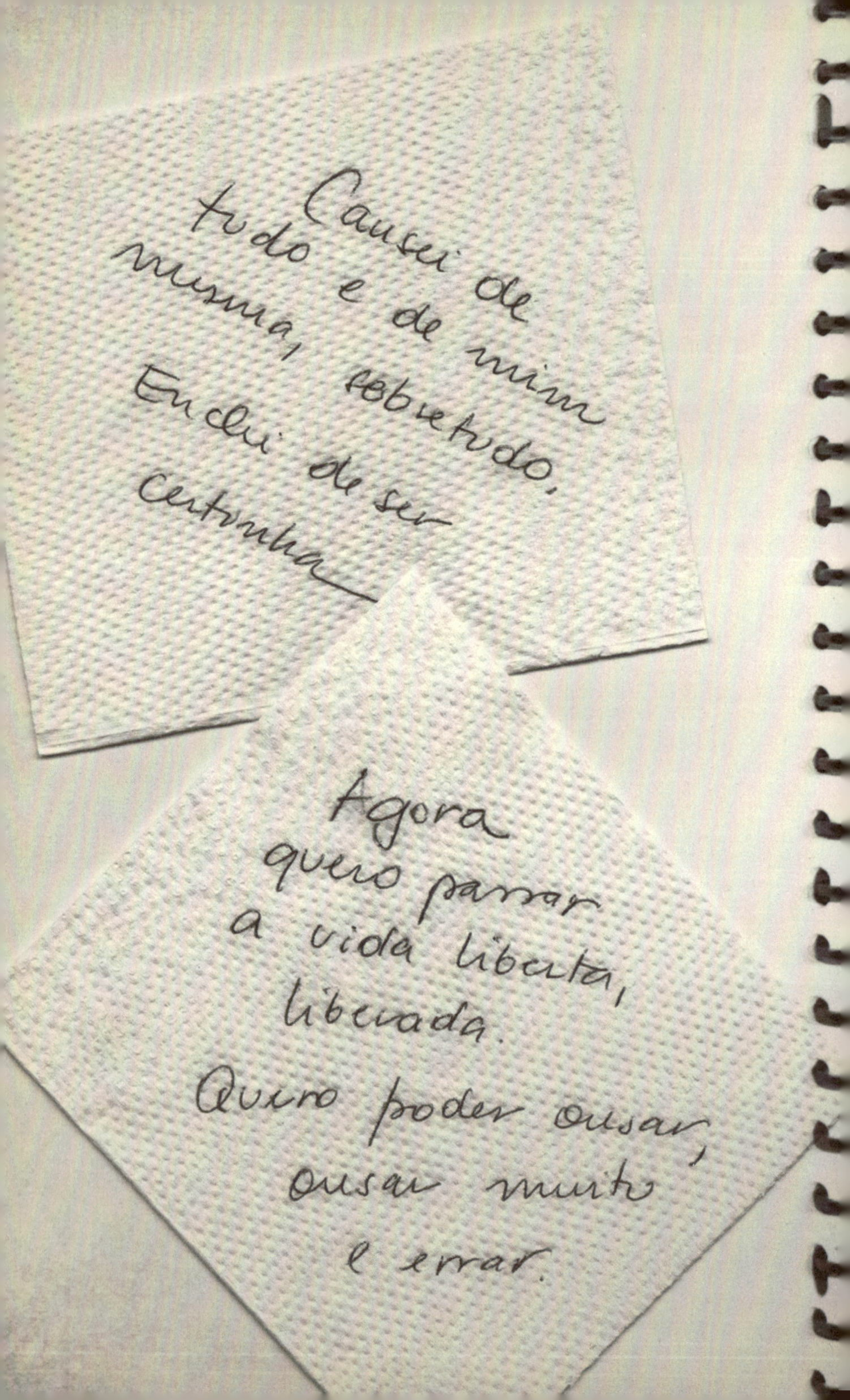
Cansei de
tudo e de mim
mesma, sobretudo.
Enchi de ser
certinha
Agora
quero passar
a vida liberta,
liberada.
Quero poder ousar,
ousar muito
e errar.

Foda-se,
foda-se
duas vezes!

Fracassei e
sinto orgulho.
É um privilégio
encher a boca e
dizer "sou um
fracasso"
para
todos

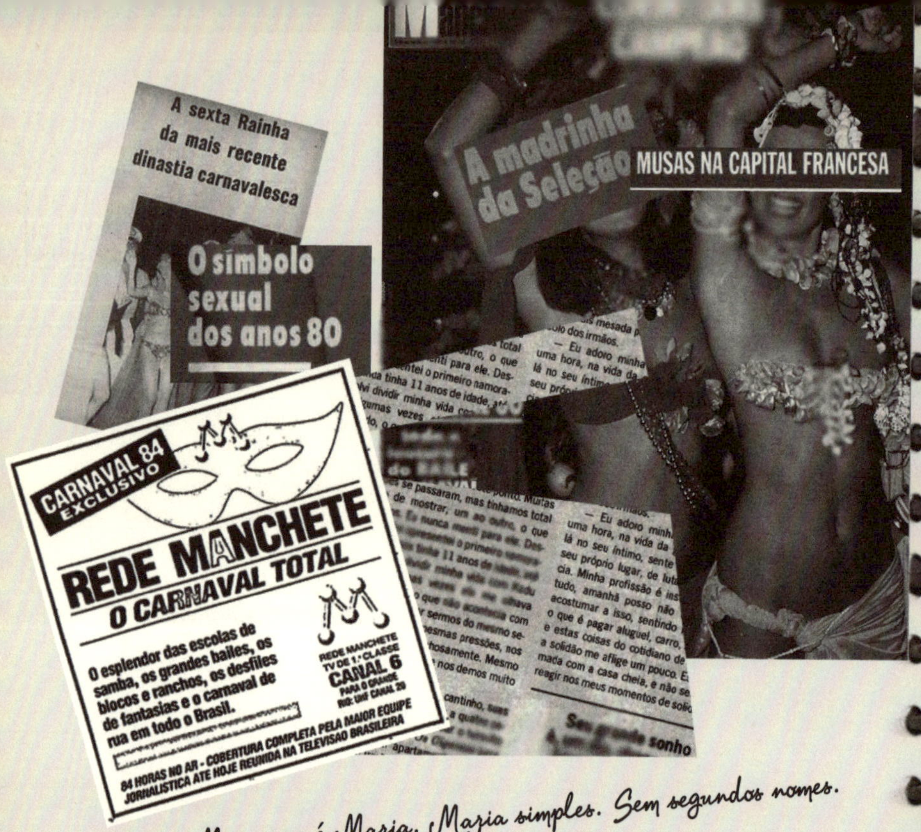

Meu nome é Maria. Maria simples. Sem segundos nomes. Gosto assim, foi papai quem escolheu.

Graças a minha beleza tive a vida muito facilitada. Enquanto o dinheiro durou, não precisei usar desse artifício.

Mas quando ele começou a acabar eu vi que não tinha jeito: comecei a sair com os amigos do papai para pequenos programas, depois resolvi me prostituir direto.

Começaram a surgir propostas para programas a três.

No começo eu não queria. Vitória era mais saidinha. Pouco a pouco, sempre pensando na grana, comecei a topar. Sofre-se no começo, depois passa.

Hoje faz vinte anos que estamos juntas. Casei Vicky com um conde alemão falido, mas conde. Quando estivemos no Brasil adotamos um casal de crianças "de cor".

Sempre saímos juntas nas revistas de celebridades daqui e do Brasil. Impossível um casamento mais feliz que o nosso.

Te imploro, nunca te implorei nada, nós dois sabemos. Não me abandone, não me deixe a sós comigo. Tenho muito medo de mim.

Sou aquela criança de colo que a babá mostrava desde o oitavo andar de um edifício em Copacabana, àquele futebol indistinto na areia. Desde então, meu medo só fez crescer. Só você me protege de mim mesma.

O mal que posso me causar é imenso. E não conheço antídoto. O exorcismo talvez fosse uma ideia um tanto bizantina, na verdade. Repito: só você me protege de mim mesma. Cansei de me ferir vida afora.

No aconchego de teus braços me sentirei a salvo. Você deve achar "ai, que saco", lá vem ela com mais uma chantagem. Porra, não é e você bem no fundo sabe disso. Única saída. Embora um tanto precária.

Tremo só de imaginar eu e minha fragilidade ao relento. Eu posso tornar-me perigosa no meu desalento, sei bem disso.

A morte, essa velha conhecida, espreita. Qualquer vacilo meu pode ser fatal. É foda viver assim: equilibrista sem rede. Ninguém precisa saber disso. Mas a minha solidão, o meu desespero e a morte rondando são os mesmos de quando eu era uma menininha sem pai, nem mãe.
A verdadeira dor não é aparente. Cravo uma estaca em meu peito. Tenho que fincá-la profundamente, se não, tenho medo de querer arrancá-la depois.

Quando não falamos, nem temos coragem de fazer o que agora faço aqui: pedir socorro.

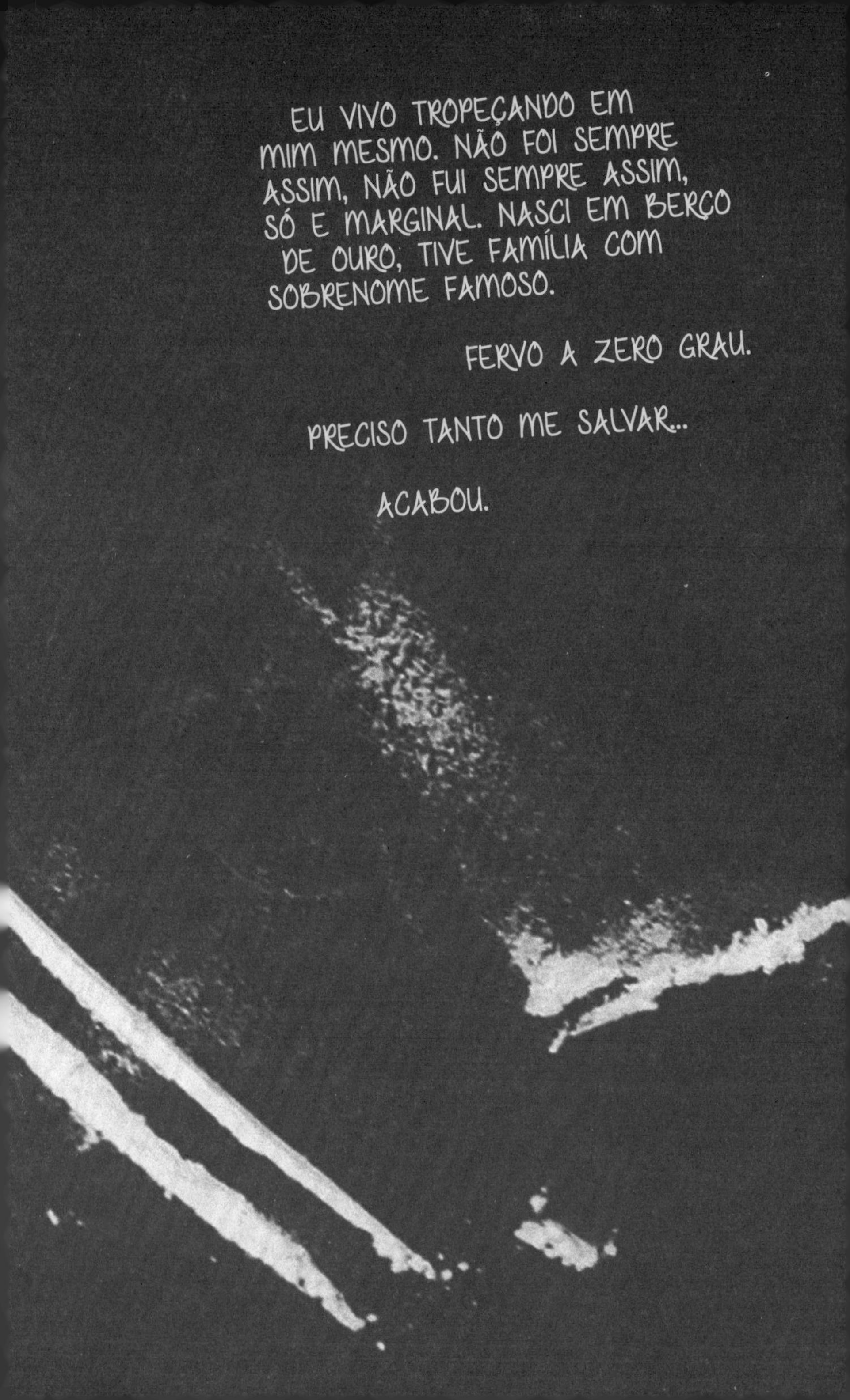
EU VIVO TROPEÇANDO EM MIM MESMO. NÃO FOI SEMPRE ASSIM, NÃO FUI SEMPRE ASSIM, SÓ E MARGINAL. NASCI EM BERÇO DE OURO, TIVE FAMÍLIA COM SOBRENOME FAMOSO.
FERVO A ZERO GRAU.
PRECISO TANTO ME SALVAR...
ACABOU.

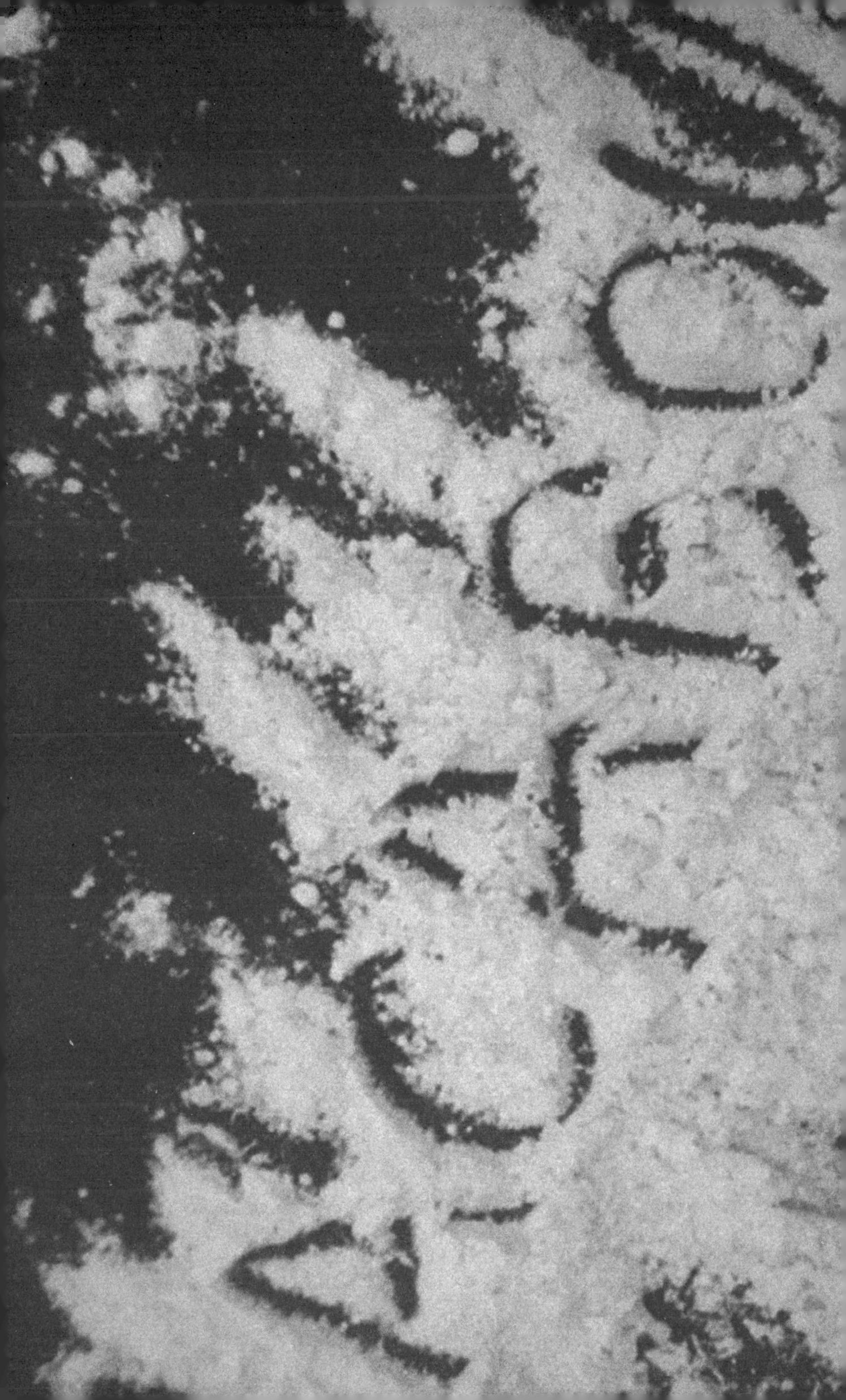

quanto tempo estou de pé nesta mesma posição absurda por pura impossibilidade de fazer outra coisa? por pura impossibilidade de ser? não convém responder a isto. devo poupar-me até ao menos o cair da noite. preciso resguardar-me para o desfecho. que será rápido, espero. tento escrever esta que pretendo uma carta póstuma. uma carta para "alguém", que certamente não existirá, nunca existiu. sempre que me sento para escrever sinto como se minha alma estivesse separada do corpo, como se o houvesse abandonado. segundos depois, ela como que volta e se reintegra. será minha alma adivinha? mandei publicar nos jornais e lá vi divulgada a nota da minha morte no obituário. sempre imaginei como seria quando de fato morresse e agora, eis-me morta. se não de fato, ao menos formalmente. de uma forma ou de outra, chego ao fim. escrevo do abismo, buscando uma resposta solitária às provocações do mundo. há quantos meses meu telefone não toca? amigos? não os tenho mais. ou morreram, na sua grande maioria, ou me abandonaram, em grande parte. eis-me inapelavelmente só. encantada pela música das palavras, esqueci de viver. agora é tarde. isso que mais me dói...

o escrever é ciumento e requer exclusividade.

agora mentir tornou-se desnecessário, supérfluo, ridículo até, eu diria. não peço indulgências de nenhum gênero. o passado é lâmina afiada que não tardará em sua incisão interna. optei por gatos. nós nos parecemos em nosso narciso egocentrismo. ademais, gatos quase nada pedem em seu caminhar altivo e solitário como o meu. tento me iludir, me desculpar, pensando que escolhas implicam renúncia. vocações como a minha implicam em dor, um peso que a solidão provoca. homens, tive muitíssimos em minha juventude. belos, talentosos e ricos. sumiram um a um. não lamento. só me causaram dissabor. um telegrama pela grade. quem será? quem estará pranteando minha morte? desisto de descobrir. eu deveria ter sido avisada: a vida não permite troca e nem aceita substituições. em caso de queixa, dirija-se ao caixa. é o que pretendo fazer se, quando chegar a hora, gerentes houverem. estranho isso: meu senso de humor, de humor negro é verdade, retornou pretendendo rir até quando não existem mais motivos. escolhi terminar nesta casa por ser mais fácil. que ironia... eu, que vivi uma vida de rebuscamentos, pretendo para mim um simples final.

preciso resguardar-me para o desfecho
o resguardar-me para o desfecho
preciso resguardar-me para o desfecho
preciso resguardar-me para o desfecho
esguardar-me para o desfecho preciso resguardar-me para o desfecho
eciso resguardar-me para o desfecho desisto de descobrir
será minha alma adivinha?
será minha alma adivinha será minha alma adivinha?
será minha alma adivinha?
ha morte nota da minha morte
nota da minha morte
nota da minha morte
nota da minha morte nota da minha morte
-me morta
esqueci de viver. agora é tarde eis-me morta
de uma forma ou de outra, chego ao fim. Escrevo do abismo,
fim. Escrevo do abismo,
de uma forma ou de outra, chego ao fim. Escrevo do abismo,
uma forma ou de outra, chego ao fim. Escrevo do abismo, esqueci de viver. agora é tarde
grande
me abandonaram, em grande
lmente só
parte. eis-me inapelavelmente só
naram, em grande parte.
esqueci de viver. agora é tarde
esqueci de viver. agora é tarde
pelavelmente só
esqueci de viver. agora é tarde
esqueci de viver. agora é tarde esqueci de viver. agora é tarde
queci de viver. agora é tarde escolhas implicam renúncia.
escolhas implicam renúncia
o provoca
escolhas implicam renúncia.
peso que a solidão provoca
peso que a solidão
solidão provoca
a solidão provoca
provoca peso que a solidão provoca
desisto de descobrir
peso que a solidão provoca
descobrir desisto de descobrir
desisto de descobrir desisto de descobrir
desisto de descobrir desisto de descobrir
para mim um simples final
minha alma adivinha?
para mim um simples final
para mim um simples final
rde para mim um simples final
para mim um simples final
esqueci de viver. agora é tarde
de uma forma ou de outra, chego ao fim. Escrevo do abismo,
para mim um simples final
de uma forma ou de outra, chego ao fim. Escrevo do abismo,
nha alma adivinha?
de uma forma ou de outra, chego ao fim. Escrevo do abismo,
para mim um simples final esqueci de viver. agora é tarde
eis-me morta eis-me morta
me morta
esqueci de viver. agora é tarde
esqueci de viver. agora é tarde

preciso resguardar-me para o desfecho preciso resguardar-me para o desfec

preciso resguardar-me para o desfecho preciso resguardar-me para

será minha alma adivinha? preciso resguardar-me para o desfecho preciso resguardar-me para o desf

preciso resguardar-me para o desfecho será minha alma adivinha

será minha alma adivinha? será minha

nota da minha morte nota da minha morte eis-m

nota da minha morte nota da minha morte

nota da minha morte eis-me morta

preciso resguardar-me para o desfecho eis-me morta

eis-me morta eis-me morta eis-me m

eis-me morta

eis-me morta eis-me morta desist

de uma forma ou de outra, chego ao fim. Escrevo do abismo,

desisto de descobrir de uma forma ou de outra, che

de uma forma ou de outra, chego ao fim. esqueci de viver. agora é tarde

esqueci de viver. agora é tarde me abandonaram, em grande parte.

esqueci de viver. agora é tarde

esqueci de viver. agora é tarde

esqueci de viver. agora é tarde eis-me inapelavelmente só

me abandonaram, em grande esqueci de viver. agora é tarde desisto de d

parte. eis-me inapelavelmente só esqueci de viver. agora é tarde

esqueci de viver. agora é tarde esqueci de viver. ag

esqueci de viver. agora é tarde escolhas implicam renúncia

escolhas implicam renúncia

escolhas implicam renúncia escolhas implicam renúncia

peso que a solidão peso que a

provocar peso que a solidão provoca desisto

peso que a solidão provoca desisto de descobri

desisto de descobrir desisto de des

desisto de descobrir

desisto de descobrir desisto de descobri

desisto de descobrir para mim um simples final

para mim um simples final para mim um simples. fina

esqueci de viver. agora é tarde para mim um simp

para mim um simples final para mim um simp

esqueci de viver. agora é tarde

esqueci de viver. agora é tarde para mim um simples final esqueci d

para mim um simples final

esqueci de viver. agora é tarde esqueci de viver. agora

esqueci de viver. agora é tarde

verdade, tinha razão meu ex-marido que já se queixara. sou mesmo inapreensível... a verdade pura e simples é uma só: não quero que nada dê errado quando chegar o fim. posso não ter tido uma vida digna, porém meu final será. por isso, escolhi a casa onde nasci, a casa de meus pais. todos que aqui viveram se foram e, eles sim, se foram sabendo ir. se foram com dignidade. não quero ser mórbida, mas meu "grand finale" corre riscos mínimos de erro, uma vez aqui, com a casa fechada e vazia, nada me impedir agora. mesmo os empregados não existem mais. é inútil esperar. é inútil esperar tanto. ninguém virá me dizer eu te amo. que lugar comum, Martha! logo você, uma grande escritora fechar a vida com esse clichê vazio. é. melhor abreviar essa minha despedida. quero que agora tudo se torne ligeiro. pílulas e água. docemente penetram enchendo meu ser de luz, será impressão? ouço crianças ao longe, como a que eu fui, daquelas que não mais existem. antigas, felizes. correm e jogam amarelinha... o vai e vem dos balanços... risos... muitos risos... todas felizes, como um dia eu fui...

alívio... acabou... alívio...
alívio... acabou... alívio... acabou...
alívio... acabou... alívio... acabou...
alívio... acabou...
alívio... acabou... alívio... acabou... alív
alívio... acabou...
alívio... acabou... alívio... a
alívio... acabou... alívio... acabou...
alívio... acabou... alívio... acabou... alívio...
alívio... acabou...
alívio... acabou... alívio... acabou...
alívio... acabou... alívio... acabou...
alívio... acabou... alívio... acabou...
alívio... acabou... alívio... acabou... alívio... acabou... alívio...
alívio... acabou... alívio... acabou...
alívio... acabou... alívio... acabou... alívio...
alívio... acabou...
alívio... acabou... alívio... acabou...
alívio... acabou... alívio... ac
alívio... acabou... alívio... acabou...
alívio... acabou... alívio... acabou... alívio... acabou...
alívio... acabou...
alívio... acabou... alívio... acabou...
alívio... acabou... alívio... acabou...
alívio... acabou... alívio... acabou...
alívio... acabou... alívio... acabou...
alívio... acabou... alívio... acabou... aca
alívio... acabou... alívio... acabou...
alívio... acabou...
lívio... acabou... alívio... acabou...
alívio... acabou... alívio... acabou...
alívio... acabou... alívio... acabou...
alívio... acabou... alívio... acabou...
alívio... acabou... alívio...
alívio... acabou... alívio... acabou... alívio... a

.-.-..-.-.-.-.-.-.-..-.--.-.-.-.-.-.-.-.

Minha alma vagabunda quer passear por aí.

Quase sem dinheiro nenhum, sob pseudônimo, ir morar numa xxxxxxxxx pensão e recomeçar a viver do zero.

(escrever sob forma de um diário)

Ela finalmente descobre o amor e o que pretende da vida. Começa com um longo desabafo e acaba com ela se descobrindo grávida (sem pai) que quer viver de escrever, ao reler o que fez até ali.
Se apaixona por escrever.

.-.-..-.-.-.-.-.-.-..-.--.-.-.-.-.-.-.-.

1. DIA

Me chamo Marieta e tenho horror ao meu nome. Acho a Marieta Severo uma pessoa genial, extraordinária, mas nada me faz gostar de nossos nomes.

Acabei, quer dizer, o João acabou nossa relação de anos, e casou-se, juntou-se, sei lá, com uma menina que acabava de conhecer.

O que fiz de mim esse tempo todo?

Os macaquinhos do meu sótão interno se soltaram e estão fazendo festa na minha cabeça, sugerindo coisas. E estou bem tentada pela primeira vez na vida a ouvi-los.
Já estou com mais de trinta------

Tenho chorado muito, sozinha em meu quarto e meu humor está tão instável, que preciso mesmo me conter para não explodir. Já tomei minha decisão: largar a casa, meus pais e ir à luta. Mas ninguém nem imagina o quanto isso está me custando e a culpa que carrego na alma...

Viver não está sendo nada fácil.

Vire...

A única coisa boa que extraí de tudo isso foi o grande prazer que está sendo escrever esse diário. Sempre amei ler. Não sabia que conseguiria escrever tão direitinho.

2. DIA

Notas sobre o abismo - Contos

Textos na íntegra

TÊTE-A-TÊTE

Quero-me secreta. Trazer a outra que em mim habita para conviver comigo e, paradoxo dos paradoxos, continuar secreta.

Sei que é possível. Conheço gente assim. Gente da qual só conhecemos um dos milésimos prismas. Por que não posso revelar-me só aos poucos e para alguns escolhidos? Seria divertido nunca mostrar-me inteira, só uma das faces.

Quantas eu sou? Quantos seres estranhos me habitam? Cruzo comigo mesma pelas ruas e invariavelmente pergunto: quantas andarão comigo?

Vejo-me multifacetada na multidão. É estranho ser assim bipartida. Dá medo e prazer. Mais prazer que medo. Ou por outra: um medo que vem eivado de prazer. Me namoro de longe, de perto é perigoso. Posso brigar comigo. Sou múltipla e una e afirmo: isso é possível.

Minha alma foi banhada por inúmeras cores e tons diversos nela moram.

Como sei isso? Sabendo. Foi um amigo muito, muito velho que me contou. E é engraçado, ele é velho, mas imensamente jovem, uma criança.

Quando em mim mergulho, por que tanta dor, tanto sofrimento?

Aí é esse velho que se metamorfoseia em criança quem me faz prosseguir.

Minha alma é colorida, mas muito antiga, ela tem a idade da terra. Como sei isso? Sabendo. Tenho também uma sábia em mim, além de um bebê, e não posso enumerar todos, pois não caberiam neste caderninho.

Assim, quando minha alma encontrar a tua, que espero também antiga, não precisaremos de palavras, usaremos símbolos, se muito necessário.

Nesse dia, o de nosso encontro, sugiro que ninguém saia de casa. Porque quando duas almas assim antigas se encontram, tudo é possível: de eclipses a maremotos. De crianças nascendo já adultas e de adultos magicamente se tornando crianças.

Deus, que esse dia venha logo, é só o que peço!

ATÉ LOGO, AMOR

E agora você parte novamente, deixando-me aqui completamente só. Eu olho as luzes da cidade e me pergunto o que foi feito de mim, o que foi feito de nós?

Agora que você vai, nada mais importa, só o fato de você ir. Aqui de cima, tudo parece tão longe, pequeno e irrelevante. A nossa relação é indissolúvel, eu sei. Confio nisto. Nosso filho aqui no colo levanta os olhinhos risonhos e parece indagar de você também. Desta vez, não tenho respostas. Gostaria de tê-las, por nós e por ele. Enlouqueço às vezes e tenho ímpetos de jogar tudo pro alto, nós, os tantos projetos feitos... Vontade verdadeira de transformar minha vida, recomeçar mesmo.

Sonho me transformar em outra mulher. Essa sim, louca pervertida e cheia de taras. Corro para a frente do espelho, me maquio a mais não poder, solto um "caralho" que é pra ver se combina e pulo nos saltos altos. Meu eu verdadeiro, quero crer. Na realidade, coabitamos as duas no mesmo corpo confortavelmente. Cheguei a mostrá-la e você até pareceu disposto a largar-me por ela. Mas pensando bem se sentiu confuso e optou, por comodismo, pelo meu eu de sempre. Que seja! Pra você, eu sou aquela, mas lá no fundo sou essa desbocada e pervertida. Hoje, por exemplo, vou deixar nosso filhote dormindo e juro, juro, caceta, que não estarei me vingando, mas a levarei a passear, que eu estou precisando.

Procurarei você em cada corpo nu a que eu me entregar, farei hoje do sexo religião. Missas negras rezarei em tua homenagem, lábios me procurando carentes, membros se intumescendo sob a calça. Ah! Como isso é bom também! Me colocarei em oferenda ao sexo como quem reza, com igual fervor e devoção. Isso tudo farei em tua homenagem e pensarei em você trepada por trepada, orgasmo por orgasmo em cada palmo de corpo nu que eu visitar. É chorando lágrimas de sangue que te imploro: volta! Tenho pavor de não mais te ver. De não mais me ver.

COM O CORAÇÃO NA BOCA

O ritmo das ruas, o frio na alma, o medo da loucura, esse meu amor que nunca chega...

Não importa, não quero mais. Tenho que driblar a dor. Tento driblar a dor, mas ela me alfineta a alma.

O vaivém do trânsito. Sofrer não tem hora, lugar? Coração bate forte, bate rápido, bate mais. Sinal dos tempos.

Eu envelheço... Tem importância? Só a depressão crescente.

Tenho que driblar a dor da dor, da falta de amor, vazio na alma, pânico presente, vertigem, vontade de morrer e rápido, zás. Que seja indolor, que seja breve.

Alguém falou de uma luz? Fim do túnel.

Coração que pulsa, coração que sente. O medo vem na boca, que seca e emudece... Vertigem.

Meu coração bate desenfreado, descompassado, como o ritmo das ruas. A agonia é tal que não me permite pensar. Também, pra quê? Não dá pra mudar as coisas... A angústia não me dá descanso. Minha cabeça parece bateria de uma escola de samba. Minha taquicardia absurda faz meu coração bater na boca. Tudo passa voando ante meus olhos: carros, edifícios, pessoas, tudo. Não consigo me fixar em nada. Também pudera, foi assim que a maioria das pessoas escolheu viver. Que pode fazer um pobre vagabundo como eu?

Falta de ar, muita falta de ar... Tô com medo de de repente acontecer o meu final, logo agora que resolvi encarar tudo de frente, fazer minha vida finalmente ter sentido. Não. Não vou deixar. Sou forte, combativo, lutarei até o último minuto.

AGORA, FALANDO SÉRIO

A enorme lua preta da depressão me espreita, sempre presente e sempre poderosa. Tento vida normal, que nada.

Ela quer ser sempre parceira. E participar ciumenta do que eu faça ou não. Maldita! Tento anulá-la em vão. Tento esquecê-la em vão. Tudo em vão.

Vontade de dormir e não mais acordar, essa é a vontade dela. Que se choca com a minha de viver. Será? Serão vontades antagônicas?

Meus olhos, braços, meu corpo curvado... tudo em mim é retrato do fracasso.

As pessoas temem essa palavra: FRACASSO.

Nascemos numa sociedade "vencedora". Pra quê? Com que propósito? Eu não quero o sucesso a qualquer preço. Gostaria mesmo é de tê-lo interior, mas esse não tenho. Não sempre.

Aliás, poucas vezes posso me gabar de me sentir realmente vencedora. E aí?

A derrota. A fotografia da derrota.

Meus olhos, braços, meu corpo curvado...

Esconder isso a qualquer preço. Ninguém quer ser a fotografia da depressão.

Ir rápido ao cabeleireiro fazer uma escova, marcar o botox pra ontem em vez de se esconder embaixo da cama que é o que de fato se deseja.

Escrevo isso sob pena de não ser lida. Ninguém gosta do assunto, mesmo quem sente.

Mas quem sente, e não serão poucos, vai me agradecer (eu acho). Entrem na fila, mesmo anônimos, engrossem a fileira.

Gostaria de saber não estar só nesta parada. Porque na vida estamos na verdade sempre sozinhos.

Gritem, berrem! Eu também, eu também... e eu agradecerei do fundo da alma.

ODE AO INFERNO

Sou má, sem ser... imensamente boa em minha maldade. Faço chantagens, gosto de chafurdar na lama. Sou o cio dos gatos.

Numa coisa eu sou extremamente boa... sou repulsiva e quanto mais melhor.

Sou a lama que se deposita em seus esgotos. Vocês nunca prestaram atenção nisso, né? Eu sou ela com seu mau cheiro e viscosidade.

Durmo no esgoto e sou chamada sempre pra mais sórdida das funções, desde chantagem a assassinatos. E nisso eu sou boa! Talvez seja só nessas funções que a palavra boa em mim se encaixe.

Meu nome é Vilma, mamãe me disse que a vovó a chamou assim porque reparem só: desmembrando a palavra VILMA, encontraremos VIL e logo em seguida a palavra MÁ. E que ela repetira o feito porque odiava a criança que estava em seu bucho.

De cafetina a prostituta, fiz de tudo nesta vida de merda. Não estou blasfemando quando eu digo isso. Digo de boca cheia: já fiz de tudo nesta vida de merda!, com o maior orgulho.

Assim, parece impossível encontrar um companheiro à minha altura, eu também achava. Mas o impossível às vezes acontece. Raro, mas é assim. Pensei que seria impossível no meu caso me apaixonar. Amor é um sentimento grande demais, muito longe das baixezas dos meus sentimentos.

Mas consegui achar alguém pior do que eu. É verdade. Não foi amor, foi tesão. Tesão é uma espécie de amor. Então, será provado que pessoas como eu são capazes de bons sentimentos?! E vamos muito bem, obrigada. Não é bem um casamento ou arranjo, é uma quadrilha à la Bonnie e Clyde. Vocês viram o filme? Não?! Pois não sabem o que perderam. Eu vi aqui e vivi cada parte.

Conheci o Marco num ménage à trois, pra quem não sabe francês, vou traduzindo: numa suruba, a tão popular suruba. E eu descobri que ele tinha AIDS como eu, e não nos prevenimos, ao contrário, trepamos bastante pra espalhar geral.

Tudo o que puder fazer nesse sentido vou fazer, e o Marco também. Continuamos fazendo as surubas juntos e a doença rola expressa.

Somos muito felizes assim. É, a felicidade bate na porta de quem não merece. Vocês não vão nos dar parabéns?! Não? Pois deviam.

Quá-quá-quá-quá-quá.

Tem pessoas que como nós sonham ser infectadas pra infectar o próximo e o cara do lado e o mundo afora.

Não sei, nem me interessa o que vão fazer de suas vidas. Fodam-se literalmente!

HIPÓTESE

Ao Victor com
todo o meu amor

É muito bom te inventar. Nasces do nada porque eu assim quero. Do nada, vens, mas te transformarei. Verás. Te transformarei em algo que ainda não sei por que desejo. Te transformarei no ser que sou e formaremos um ser uno e indissolúvel. Plasma.

É muito bom te amar enquanto hipótese somente. Nada sei de ti. Aliás, o que sabemos de nós ou dos outros? É como hipótese que te amo até o dia em que, soprando docemente em teus lábios, te trarei à vida.

Tenho sede de ti, tenho sede de mim, tenho sede de nós. Venha. Não temas. Do instante em que te concebi em minha mente, já sabia que vinhas para realizarmos o grande mistério do amor. Quero-te mais que a mim.

E só existes no campo das possibilidades. Quero-te abstrato, abstrato é tudo.

Vou te dizer um grande segredo, mas não digas a ninguém. Falarei assim, sussurrando e devagarzinho: a vida é uma grande mentira. Não me crês? Mas se não nasceste ainda, como sabê-lo? Eu afirmo, pois já nasci, então sei: a vida é só ilusão. Algum louco a inventou e nós de delírio vivemos. Verás. Eu te mostrarei a cada passo, a cada manhã que viermos a caminhar juntos. Não te arrependerás de teres vindo. Nem eu de ter te inventado. Viver pode ser bom. Às vezes. Nos instantes de pura fantasia, é sublime.

Nos instantes em que dois formam um, é loucura, fantasia, mistério, inventados pelo louco do qual eu te falei.

Agora, basta, quero-te matéria.

Quero-te aqui.

ANTES QUE AMANHEÇA!

O e-mail é lacônico como sempre, mas releio: *Isa: chego última ponte aérea. Amor. Julio.* Coloco-o na cabeceira da cama de forma que, mesmo deitada, ainda possa buscá-lo pelo canto do olho.

Sei da proximidade do perigo, do mergulho no vácuo e minha sensação de abandono sempre que Julio está por perto. Mas anseio por isso. Daqui a pouco, vou revê-lo, e esta casa, agora tão quieta e arrumada, ficará de pernas pro ar. Daqui a pouco, também serei o avesso do que sempre fui. Levantando, posso me olhar pelo espelho estrategicamente colocado na diagonal da cama. Não sou mais criança, mas a imagem que agora vejo me reanima. Talvez seja o chambre de seda, levemente transparente... Sou capaz de tudo nesses momentos em que ele irrompe em minha vida, sempre chegando de algum lugar que desconheço. São momentos que me fazem querer viver mais uma vida pra dedicá-la a eles. Lembro-me com vergonha daquela vez em que ele me obrigou a engatinhar, suplicando por seu corpo jovem. Mas, depois, me saciou – o gesto certo, os dedos ágeis, acariciando-me por inteira, calmamente, docemente, até que eu, não mais aguentando, cheguei ao orgasmo sem que ele me tivesse possuído. Isso uma, muitas vezes. Precisei suplicar por seu sexo, chorar, implorar por ele. Minha vida, antes tão vazia, tão carente, transformou-se no dia em que o encontrei. Haroldo e eu não nos bastávamos.

Julio é quase um bebê, um querubim, com seus cabelos

encaracolados, o sexo intumescido sempre à minha espera. Sou obscena, ele é obsceno; somos absurdamente obscenos juntos. Paradoxalmente, isso me comove. Não mereço tanto frescor, tanta juventude. Por sua causa, adotei estranhos hábitos: uma maquilagem pesada que me faz parecer ainda mais velha e sapatos de saltos enormes. Na verdade, são fetiches que o excitam, e sou capaz de tudo pra isso.

Há horas estou em pé diante do espelho, totalmente absorta, devaneando; corpo aqui, coração onde? Flashes explodem: um retrato de menina com seu olhar aberto pro mundo, emoldurado por grossas tranças; um grupo escolar adolescente, o primeiro amor, o casamento. Imagens que me levam pra muito, muito longe. Do espelho, meu lindo querubim me sorri.

Foi assim, inesperadamente – é sempre assim que acontece –, numa tarde qualquer, que Julio finalmente me viu. O dia virou noite, noite de São João, de réveillon. Fogos explodiram no céu e dentro de mim. Havia estrelas e uma lua cheia. Depois, o sol raiou, imenso, avermelhado. Envelhecer tem seu preço, e pretendo pagá-lo centavo por centavo, sem o menor constrangimento. Basta que Julio faça a sua parte e me dê o que desejo. Continuará me tratando por princesa ou minha rainha? Está na hora de tomar um Saint Raphael, distensionar, pôr uma cinta-liga, meias pretas e aqueles saltos.

A campainha estridente anuncia a chegada de Julio. Pelo olho mágico, ele aparece abraçado a uma loura de pinta brabíssima. Fico puta por Julio ser tão canalha. Ménage à trois? É assim que ele quer? Assim será!

SONHOS ROUBADOS

Cheguei de Goiás cedinho sem saber direito o que fazer. Uma coisa era certa, havia realizado o que me propusera: vir conhecer o Rio, que só vira por fotos e filmes.

Me chamo Andrea e trabalhei toda a minha vida numa fábrica de botões. Ninguém pode imaginar como isso pode ser monótono e mecânico.

Sou uma pessoa sem história. É isso mesmo, não tenho nada de especial para contar, a não ser essa minha paixão enlouquecida pela cidade.

Assim que recebi minha aposentadoria e os outros benefícios, pensei: pronto! Agora, vai se tornar realidade! Vou conhecer o Rio e quem sabe, talvez, realizar até meu sonho de ir lá morar. Nada me prendia a Anápolis, meus velhos já eram falecidos, nunca me casara... filhos. Nada.

Foi assim que tomei meu ônibus para vir para cá. Sabia que iria chegar a uma parte feia da cidade. Por isso, contratei uma excursão para conhecer todo o Rio. Floresta da Tijuca, Jardim Botânico, Alto da Boa Vista, Copacabana, Ipanema, Leblon, tudo... Até a Niterói eu fui, porque sabia que era muito bela e podia-se vislumbrar o Rio de lá, inteirinho. Eu não me continha em ver tanta beleza. Essa cidade em maio... Não sei nos outros meses, mas em maio a luz aqui é lindíssima. Ademais, não faz frio nem calor. É perfeito. Devem estar me achando uma interiorana burra e deslumbrada. E eu sou mesmo. Mas não me importa, a vida não me deu muitas oportunidades de crescer, de ser alguém, e é verdade, devo confessar: eu nunca batalhei muito por isso. Fui me acostumando, me encostando e fiquei que nem planta sem luz: pequena, feia, sem viço ou seiva. Seca. Por isso, talvez, nenhum homem tenha se interessado por mim.

Chega! Chega de lamúrias, vou olhar a paisagem e beber do belo. Estávamos num ponto do Leblon que era deslumbrante, mais um pouco e subiríamos para São Conrado. Fiz sinal ao motorista indicando que queria descer. Eu só trazia comigo uma maleta de mãos, por isso ia ser fácil me locomover sozinha. Desci e sentei-me num banquinho para de lá ficar olhando o mar. Que imensidão, meu Deus! Depois, fui devagarzinho caminhando até o fim daquela praia.

Não sei como aconteceu. Subitamente, pessoas começaram a correr em todas as direções, fiquei parada sem entender nada. Não consegui reagir. Morta de medo. Quando olhei para o lado, um menininho pequeno puxou uma navalha e veio em minha direção:

— Pode passar tudo isso, tia. Vai passando e não me olha.

Agarrei com força minha maleta: tudo o que eu tinha, inclusive o dinheiro, estava guardado ali. Fiz menção de me virar para fugir. Nada feito. Me vi cercada por todos os lados. Crianças armadas de revólveres e canivetes. Tremia. Tremia tanto que deixei cair a maleta. Era o que estavam esperando. Agarraram minha maletinha e correram, correram tão rápido que, quando pisquei, estava tudo acabado.

Por que não escondera o dinheiro? Eu era matuta mesmo, uma boba. Que ódio tive de mim. Fiquei sem reação. Agora, estava tudo perdido. Todos os meus sonhos foram embora. Desceram pelo ralo. É muito triste constatar que toda a sua vida se foi como num passe de mágica.

Sentei novamente no banquinho e chorei. Chorei de soluçar alto. Não sabia o que fazer. Chorei tanto que até um senhor aproximou-se de mim oferecendo ajuda. É. Ainda existe gente boa por aí...

Chorava e pensava: e agora? Meu sonho acabou... Fui andando pela areia ainda quente em direção ao mar. Só o vira de longe. Que força, que magnetismo. Que beleza! Ele parece nos atrair que nem ímã. Senti-me completamente entregue. Nunca vira nada tão belo... Divisava o horizonte ao longe. Entrei na água. Fui andando até perder o pé. A lua já se insinuava a céu aberto, desabrida e voluptuosa. Fui andando até nos tornarmos uma coisa só: o mar e eu.

TI-TI-A

Minha forma de vestir me traduz: sou disciplinada, regrada, metódica. Minhas roupas refletem isso. Minha empregada, a Maria, uma crioula gorda adorável, está incumbida de engomar bastante minhas blusas sempre irretocavelmente brancas e minhas saias plissadas. Tudo em mim recende a limpeza. Essa é minha imagem e eu cuido dela com carinho. Nunca me casei, não suportaria dividir o mesmo teto com ninguém, já a cama divido com prazer, pois sei ser o sexo coisa passageira. Quer dizer, isso era o que eu pensava, a vida me provou o contrário.

Tenho duas grandes paixões: o português, que ensino, e a astrologia, que estudo. Meu mapa astral está em ordem e eu o consulto diariamente e nada nele apontava a tragédia que se abateria sobre mim.

Naquela manhã, eu corrigia provas, distraída, quando fui acordada daquela semissonolência por uma voz forte de homem.

— Aí, ô tia, mamãe falou pra eu falar com a senhora depois da aula.

Olhei o garoto de alto a baixo. Como "aquilo" podia ser meu sobrinho?

Sou virgem, ascendente em virgem e lua em virgem, ou seja, para quem não entende de astrologia: terra sobre terra sobre terra. Uma personalidade pé no chão. Só rindo mesmo.

Tirei meus óculos para observar melhor aquele que se dizia meu sobrinho e senti um frio me percorrer a medula. Um pressentimento animal junto à minha voz interna alertava para o desastre. Algo dizia que aquele encontro seria portador da tragédia. Registrei esse sentimento, mas fui em frente, aliás, não me restava mais nada a fazer àquela altura das coisas.

— Você é filho de quem?

— Da Ignez. Ela disse que não vê a senhora há muitos anos.

— É verdade! Ela vai bem?

Como prever o desatino? É tudo tão improvável que nem mesmo o mais tarimbado guru é capaz, creio eu. Como imaginar que, em pouco tempo, sua vida inteira será tomada pelo desejo? Desejo puro, desejo latente, que pulsa, não tem medidas e não admite meios-termos e transforma você num joguete.

— Em que posso ajudar você, meu filho?

— Sabe o que é, tia?!

Esse "tia" soou-me diferente, algo nele anunciou perigo iminente. E o tom em que foi dito denunciava uma ponta de sarcasmo.

Observei-o melhor. Tirei os óculos para tal. Meu sobrinho era um e oitenta de puro sexo, cabelos em desalinho e lábios carnudos.

Tudo nele recendia a sexo. Transpirava isso. Ele ardia, somente não sabia.

Mas eu, com meus sessenta anos de estradas e travessias, ansiava por mostrar-lhe.

Devagar, Lúcia, devagar. Ele é apenas um menino. Será? Antes que eu pudesse concluir, ele veio atropelando pensamentos.

— É o português, tia. Eu ando muito mal e sei que a senhora poderia me ajudar.

O interessante é que ele não era meu aluno, talvez fosse da classe ao lado.

Nada disso tinha importância. Igor surgia para semear o caos e tornar minha vida imprevisível, felizmente.

Algo me alertava: não ultrapasse, cuidado. Muito tarde para avisos e eu ansiava por viver perigosamente. Toda a minha antiga rígida rotina sempre resistira ao menor sinal de vento. Como seria quando viesse o vendaval?

Combinamos um reforço do português em minha casa depois das aulas. Devo confessar que esperei ansiosamente por Igor em nosso primeiro encontro. Minha irmã Ignez sempre foi excêntrica e nutria verdadeira paixão pela Rússia, daí sua preferência por nomes estrangeiros.

Sentei-me com ele à mesa de jantar, repleta de livros e cadernos. Foi patente o desinteresse de Igor por estudar desde o começo. Vou além, se eu não fosse uma mulher equilibrada, imaginaria que tudo aquilo, as aulas particulares, a insistência para que fossem lá em casa e não na escola, não passava de "armação", só não saberia dizer com qual intuito. Um anarquismo juvenil sem fim definido, certamente.

Uma tarde, o desastre que aos poucos se formava veio como uma avalanche, arrastando tudo à sua volta. Eu devo ter dado inúmeras amostras de meu interesse por ele, sou transparente, eu sei.

Estava distraída na cozinha, quando me senti enlaçar por trás. Dali para a cama foi um pulo. Minha vida sexual sempre foi plena. Mas não me lembro de jamais ter tido uma relação como a daquela tarde. Eu nunca mais fui a mesma também. Minha vida foi arrastada de roldão junto com o sexo. Mas por que, meu Deus? Por quê? E por que eu, uma metódica professora? Por que logo eu? A vida é uma escola. O que estava tentando me ensinar?

Igor veio semear o caos onde reinava a ordem. Veio para me virar de ponta-cabeça. Em pouco tempo, eu me submeteria a toda a sorte de humilhações, só para ter seu corpo jovem junto ao meu. E confesso mais: adorando ser feita gato e sapato. Até onde pode levar o desejo... Mas aquele não era um desejo normal, tinha sua origem na tara mais baixa que eu jamais conhecera. E o pior de tudo: com minha total concordância.

Em todas as nossas transas, ele fazia questão de me humilhar das mais diversas formas, ora me obrigava a ir rastejando implorando por mais sexo. Ou me chamava de "tia" de um jeito debochado. Fazia referência ao meu corpo de maneira abusiva, comparando-o com as "gatinhas" suas namoradas.

Eu já não fazia nada mais direito. As aulas que eu prezava tanto eram dadas de forma irresponsável. Enfim, nunca mais fui ou seria a mesma.

Uma tarde, deu-me um ultimato: ou eu fazia um ménage à trois, ou ele pulava fora. Louca de paixão, topei. Mas, ao concordar, já havia engendrado um plano. Sabia que não poderia continuar vivendo daquela maneira. E não poderia errar. Quando nossa transa atingiu seu auge, fui até o escritório sem que eles pudessem perceber e peguei o revólver. Todas as humilhações engolidas, toda a vergonha passada veio à tona. Uma explosão com rumo certo. Eu não poderia tolerar mais um segundo daquela situação vexatória, não suportaria mais um instante aquilo. Eles também não se aperceberam da minha volta, tão entretidos estavam.

— Basta, garoto. Agora, quem manda aqui sou eu.

Colocava-me a uma razoável distância deles, deixando sempre os dois na mira. Igor e a garota demoraram a realizar o que estava ocorrendo.

— É isso mesmo. Agora, sou eu quem dá as ordens aqui.

Reiterei:

— Os dois aí, rapidinho de quatro no chão se não quiserem levar bala.

— Rasteja, filho da puta, e leva essa putinha pra rastejar com você. Assim é pouco. Quero rastejando como o animal peçonhento que você é. Assim, assim, assim tá melhor.

— Ninguém se mexe sem que eu mande. O jogo virou, veadinho. Agora, seu merdinha, fala quem é a titia aqui?! Fala assim dobrando a língua.

— Titia. Titia. Titia. Repete comigo, ti-ti-a. Agora, dobra a língua e respeitosamente diz: senhora, minha tia. Isso, garoto. Agora está melhor. Pede perdão, veado, por tudo que você me fez passar. Chega de merda! Basta de falação, Lúcia. Pro inferno com tudo!

E soltei a última e melhor gargalhada de toda a minha vida.

ASSIM NÃO DÁ

Tô cagando pro que pensem. Eu trabalho aos rapidinhos ganhando minha vida pra dar amor pras madames e pros velhinhos também – e às vezes eles não são nem tão velhinhos assim. Não sei, é tudo igual pra mim.

Não tenho tempo a perder. É ripa na chulipa. Ajoelhou? É tudo igual. Já consegui assim dar uma casa pra família em Divinópolis. É. Eu sou mineiro, moço.

Mas o que o senhor quer saber com essa entrevista? Como eu vivo?! Eu vivo fodido. Não tiro ainda nada pra mim. Mas vai melhorar. Tem que melhorar. O senhor quer acompanhar um dia de trabalho?! Não dá. Não vai dar. Os fregueses não vão querer. Por mim, tudo bem. Pode até fotografar...

A minha ex, Roberta, também ganhava a vida assim. Roberta é nome de guerra, o nome mesmo é Marluce e ela é lá de Minas como eu, que também não me chamo Carlo, meu nome é Etelvino. Mas isso o senhor não conta não, tá?! Tenho vergonha.

Eu era louco por aquela mulher. Pra fazer o que eu fiz, precisa muita loucura mesmo. Mas não dava mais. Já tinha virado doença. Uma vez, eu percebi que ela estava se engraçando pra um cliente e avisei: assim não dá! Ela queria porque queria largar essa vida e virar madame. Maluca, burra, sei lá o que mais. Eu disse: Roberta, para! Senão, sou eu que vou ter que te parar. E ela não parou. Uma noite, eu não aguentei e dei um fim nela. Isso já estava pra acontecer há muito. Foi o fim.

O que esses homens fardados estão fazendo atrás do senhor? Me levar?! Mas me levar pra onde? Eu não posso ir, tenho um cliente agora, às duas, moço. Não posso ir. Vou preso por causa de uma puta?! Foda-se! Fodam-se todas as putas do mundo.

EU, ABAIXO ASSINADA

Este é um depoimento e o leitor tem que confiar na minha palavra. Digo isso porque vão dizer pro senhor, seu repórter, que eu minto muito. Isso em parte é verdade, mas qual o interesse que eu tinha em mentir logo agora, que estou presa aqui e mentir de nada vai adiantar? E se a verdade sobre mim for do caralho? Pô, eu sei que palavrão não pode. O quê? Não tem importância?! Porra, caralho, merda e puta que pariu... (gargalhada) valeu, moço, deu pra relaxar um pouco. Eu ando que é só stress. Não é assim que se diz?!

Mas vamos lá, o senhor pergunta e eu respondo, ping-pong, tá? (dá outra gargalhada). Bom, como eu não tenho nenhum compromisso hoje mesmo, até me diverte... O quê? Pode ajudar? Ora moço, se fosse pra eu ter sido ajudada, Deus não me teria posto no mundo, só pra começar.

O senhor tá com o gravador ligado? Posso falar? Começa com o nome, né? Meu nome é Marcela, quer dizer, na verdade de nascença me chamo Eneida. E a idade dá pra falsear? Não?! Então, tá. Cinquenta e oito incompletos, quer dizer, não tenho ainda, né?

Fui muito bonita, sabe? É, o senhor acha? Não... Agora, com essa vida de Deus dará, ando muito castigada. Mas pro senhor ter ideia, trabalhei até em show de strip-tease. Tá surpreso? E ainda lhe digo mais, durante anos e anos, quem me obrigou a parar foi o calhorda do meu marido, falou que ia me tirar dessa vida e me cobrir de ouro. Tirar dessa vida tirou, daí a cobrir de ouro... (ri) só pode ser piada. É a puta dessa vida que não perdoa ninguém, vida madrasta, como dizem, no meu caso foram as drogas. Comecei puxando um fuminho de leve, quando fui ver eu tava no crack. É... sabe como é, a gente faz essas coisas é pra amortecer um pouco a dureza disto aqui. Mas a verdade é que só faz piorar. O pó era muito caro, então fui de crack, que era mais em conta. A verdade é que vicia mais rápido, só isso. Ninguém sacou legal, mas eu que tô aqui encarcerada posso dizer: o mundo é também uma grande prisão. Eu só tive liberdade quando era criança... (muda de assunto) O senhor não acha que eles podiam desenhar um uniforme mais legal pra gente? Não muda nada, continuo presa só que chique (gargalhadas).

Infância. Muita gente gosta de culpar pai e mãe por toda cagada que sofreu. Eu não. Fui muito feliz com meus pais e, se alguém é culpado de algo, esse alguém sou eu própria. Era aí onde o senhor queria chegar e eu estava dando voltas, evitando o assunto.

É horrível matar o próprio filho, né não? Fui até abusada aqui por isso. Não importa. Quero é estar em paz com a minha consciência e tô. É... eu nunca confessei. Vou fazer isso agora em edição especial, o senhor ainda tá gravando? Beleza... Nunca achei, seu moço, que tivesse matando ninguém. Aquele menino era meu ai Jesus, eu só pensava nele, só vivia pra ele, mas o senhor sabe, pobre não tem sorte nem nessa hora. Quando ele me apareceu com aquela doença que só fazia piorar, eu pensei: porra, é sofrimento demais pra criança tão pequena. Como é mesmo o nome da doença? Osteomielite. É isso. Osteomielite. É. É isso. Só faz piorar, né, moço? Pois é, me disseram... O senhor não conhece o desespero. O senhor não sabe o que é ver sua família passando fome na sua frente sem o senhor ter o que fazer. É foda. É foda mesmo. É tanta, tanta dor, mas tanta dor que a gente perde o juízo.

Eu pensei, se a culpa foi minha desse menino nascer assim por causa do crack, eu sou a responsável, né isso? Não matei o Dudu, o que eu fiz foi libertar aquele anjinho por dó dele. Tenha a certeza, moço, ele tá muito melhor que nós, isso eu posso lhe jurar.

O senhor agora me daria um cigarro?

ORFANDADE

Prostitutas, cafetões, viciados, alcoólatras, marginais de toda a espécie são os meus companheiros da noite. Quando eu saio à caça, é o horário preferido deles. Nos conhecemos em todo o esbarrão nos becos. Não somos muitos, por isso eu sei.

Pra chegar ao meu objetivo, transformo-me numa linda e jovem socialite e procuro lugares caros frequentados por pessoas requintadas. Ali, eu brilho. Não estou à venda, porém, quando o cara é muito, muito rico, eu estudo as possibilidades...

É impressionante como tem babaca nesses lugares ditos chiques. Um em especial parou na minha e pareceu me seguir. Eu entrava num lugar, cinco minutos depois, ele chegava. E não parava de me olhar, estivesse eu acompanhada ou não, ele não desgrudava. Já pensei em dar um chega pra lá nele, mas depois acho que acaba sendo pior. Homens gostam de sofrer...

Um dia, ele se animou e veio sentar do meu lado:

— O que posso te oferecer pra beber? — ele era o cara mais almofadinha e tava na cara, filho de família rica que não faz porra nenhuma. Achei pela primeira vez que eu podia fazer isso render com juros e correção monetária a meu favor.

Quem sabe eu não havia descoberto a chave do cofre?!

Respondi:

— Um Dry Martini — eu estava por dentro que o Dry Martini era a bebida dos chiques e poderosos. Deus não me deu dinheiro, mas me fez safa e inteligente (além de bonita) pra ninguém botar defeito. Preciso criar um nome e sobrenome de família quatrocentona pra mim.

— Como você se chama?

Rapidamente, respondi:

— Letícia Soares Ribeiro. Pros íntimos, Leti. Mas você não é meu íntimo. Pelo menos, por enquanto...

Eu estava adorando aquele jogo de bate e assopra, pois sou boa em fazer isso com os homens: dou e tiro. Homem adora ser sacaneado, pelo menos os que eu conheci. Outra coisa urgente pra mim era arrumar um endereço chique pra empurrar goela abaixo do mauricinho. Porque a essa altura eu já tinha decidido que ia conquistá-lo. Eu estava mesmo convencida de que faria fortuna.

Lembrei de uma bicha amiga que era podre de rica e morava na Av. Atlântica. "Ela" me adorava, eu volta e meia ia lá levar uns "papéis" pra ela, fissuradona em cocaína. A bicha não dormia, sempre ligadona. Ela iria adorar que eu passasse uma época com ela, já havia me convidado milhões de vezes.

Pegando meu celular último tipo, "a gente pode não ter nada, mas o pouco que se tem, tem que ser melhor", levantei-me da nossa mesa e andei em direção ao banheiro, sem nem ao menos me dirigir ao meu recente fã. Eu precisava me assegurar com a traveca de poder ir dormir lá essa noite e quando mais precisasse.

Havia deixado minha bolsa na mesa, o que asseguraria a minha volta. A traveca, Lola, foi só amor. A casa, portanto, era minha. Eu tinha uns papelotes pra dar a ela, aproveitei, cheirei um, me certificando de que não estava dando bandeira com o nariz e, lânguida ainda, voltei pra mesa.

— E o seu?

— O meu o quê?

— Nome. Você perguntou o meu... e você? Como é que você se chama?

— Rodolfo. Rodolfo Duque Estrada.

— Nome de rua, é? Eu sei. É perto da PUC. Estudei lá — eu adorava mentir. Era meu esporte favorito.

A noite transcorreu divinamente...

Em menos de um mês, estávamos casados, morando numa mansão da Gávea. Todo e qualquer desejo meu, Rodolfo corria pra atender. Ah! Casei de véu e grinalda, disse que minha família não podia vir, pois estava num cruzeiro pelas Ilhas Gregas... Há, há, há.

Mas Rodolfo, com seu jeitinho manso e doce, foi me conquistando pouco a pouco. Os meus amigos barra-pesada foram ficando pra trás, assim como dei adeus aos becos e vielas. A impressão que eu tinha era que aquela vida não me pertencia.

Eu me sentia tendo nascido quando casei com Rodolfo. Minha família em Goiás nunca havia se metido. Rodolfo tinha perdido os pais num acidente de avião quando ele ainda era bem pequeno. Foi educado por uma tia, por quem não tinha o menor apreço. Pouco a pouco, fui falando toda a verdade sobre mim. Rodolfo não deu a mínima, pareceu realmente não se importar.

Eu, que a vida me fez cínica, conhecia pela primeira vez amor, aceitação e respeito. Nunca imaginei ser amada assim: acima do bem e do mal. Tudo isso me adocicou também. Eu perdia minhas defesas. Nunca imaginei ser possível amar e ser amada. Foi nesse clima de grande comunhão que engravidei. A criança viria coroar toda a nossa felicidade.

Mas não comigo. A vida nunca me viu com bons olhos e sempre me maltratou. Perdi a criança aos cinco meses e pirei legal. Fugi de casa e do Rodolfo. Parecia-me que eu não havia nascido pra ser feliz. Não eu.

Voltei aos becos e às velhas companhias. Rodolfo não conhecia essa vida, não seria fácil pra ele me encontrar. Comecei a cheirar como doida e a biritar também. Dormia ao relento sem eira nem beira. Eu havia ligado o foda-se e queria que o mundo explodisse. Engraçado, em menos de um ano, passei por mundos tão extremos... só podia acontecer comigo!

Eu – pele e osso. Mendigava pra comprar pó. Me prostituía pela mesma razão. Uma noite, sem que eu me desse conta, um carro se aproximou do lugar que eu fazia ponto e veio me abordar. Pensei que era alguém querendo comprar pó ou a fim de uma transa. Sem que eu pudesse respirar, dois armários me pegaram por trás e me jogaram dentro do carro. Achei a princípio que fossem dois canas. Quando entrei no carro é que percebi a história toda: lá dentro, Rodolfo me esperava me cobrindo de beijos. Eu, cheirada e maltrapilha, não consegui esboçar nenhuma reação.

E sem que eu desse pela coisa, fui internada aqui no interior de Minas para desintoxicação. "Detóxi", como eles dizem. É isso – eu sem saber bem o que vai acontecer comigo. Não sei o que vai ser de mim, sinto muita saudade do Rodolfo, mas não tenho ideia se ele vai me querer de volta, quando eu estiver careta; "limpa", como dizem aqui. Torçam por mim? Torçam por mim, por favor, gente. Quem sabe algum Deus ainda me dê uma chance.

UMA NO MEIO DA MULTIDÃO

Quem sou eu? É como me sinto, de repente, e bem no meio da rua. Sei quando começa, porque a sensação é de pavor, medo de desmaiar na frente de todos e ser ridicularizada.

Começo a suar muito e tremer. A taquicardia dispara e eu tenho minha visão comprometida. Vejo o perto às vezes longíssimo... e vice-versa. As noções de espaço e tempo alteradas. As imagens contorcem-se e vejo tudo distorcido. E uma sensação de perda de identidade. As pessoas, assim, me parecem figuras de Francis Bacon e sou obrigada a me sentar em qualquer lugar para não cair. A sensação maior é de estar só e solta no mundo e sentir profundo pânico por isso.

Suo e penso. Penso e suo ao mesmo tempo alternadamente.

Ai, lá vem ele, o chofer redentor, mais um segundo e eu estaria estirada no chão, entregue ao olhar implacável e impiedoso dos passantes, aberta à visitação pública.

E TOCA BLUES

E quando você vier cheio de amor pra dar eu vou dizer: não, cara, seu tempo foi ontem, agora passou, já era. Você gosta mesmo é das putinhas dessas revistas de celebridades, eu tô velha, a vida não perdoa. De mais a mais, nunca estive na roda mesmo, nunca pertenci ao tal "primeiro time" nem por cinco segundos, nem tive cinco minutos de fama. Cheguei a gostar de aparecer, ser conhecida, coisa e tal, mas agora não tô nem aí, boneco, tô rindo de orelha a orelha por ver como as coisas mudaram da noite pro dia, agora a música que toca pra mim é diferente. É engraçado ver confirmado o que eu já sabia: quando se tem grana, todo mundo te bajula, puxa o saco e por aí vai. Chega a me dar asco! Mas hoje a hora é outra, agora mando no meu pedaço pelo menos. E você, por quem sempre fui fodidamente apaixonada, sempre cagou na minha cabeça, benzinho, não é mais assim que a banda toca. Agora eu digo: eu quero blues e toca blues, porque eu mando e tô sentindo todo um gostinho bom em mandar e ser obedecida, eu que era da ala dos perdedores... Psiu, não conte a ninguém, mas eu continuo sendo dela.

Eu tenho um prazer todo especial em ainda fazer parte desse mundo e ninguém saber. Das poucas pessoas que sabem, uma é você. Mas se sair dizendo por aí eu te desmascaro e conto o puto que você é na verdade. Não brinque comigo. Hoje eu sou rica e poderosa, te garanto que ninguém pode comigo.

Você sabe que o rio corre pro mar, né? Então, o normal

agora é que eu venha a namorar e, no fim, casar mesmo, com um cara tão rico quanto eu.

Agora, se você souber ser discreto, vai servir pra dar uma rapidinha. Isso se souber ser discreto, aí eu pago e pago bem. Você já foi o homem da minha vida, agora só serve pra isso mesmo. Solidão? Solidão é não ser bem comida e isso eu vou resolver, se não for com você, vai ser com outro. Mas sem essa bobeira de amor pra lá e amor pra cá. Agora na minha vida não tem mais espaço pra isso não. Quando eu tô mal, saio, procuro uma transa e fim de papo. Esse é o melhor remédio pra depressão, todo mundo sabe.

Por essa ninguém esperava, né não? Que a sorte grande fosse me sorrir. Mas ela me sorriu e vou te dizer, ô, babaca, eu não deixarei que me escape, tão logo entre vou trancá-la em casa.

Tem muito otário por aí que costuma fechar a porta na cara dela. Eu não. Eu saberei sempre sorrir, recebê-la bem e isso fará toda a diferença... Boas-vindas!

TIM-TIM!

Me chamo Cristal, quer dizer, isto foi um apelido que deram. Meu verdadeiro nome é Cristiane. Vim de uma família de lavradores do sul. Pequenos lavradores. Minha família era pobre, mas tinha dignidade e honestidade... todos esses princípios morais que hoje não se usam mais. Todos dizem que sou bonita e deveria ter virado modelo, manequim como tantas outras moças lá do sul. Mas a vida da gente nos reserva tantas surpresas!

Conheci Alfredo ainda garotinha, numa festa em Blumenau onde ele tinha ido a passeio. Eu era quase uma menina. Ele se apaixonou por mim e foi conversar com meu pai, dizendo quem era e que suas intenções eram sérias. Pretendia se casar comigo, se papai não se opusesse. Papai, vislumbrando uma vida melhor pra mim, concordou. Eu, vislumbrando o sul maravilha, topei. Mal sabia o que me esperava...

Minha profissão foi cuidar do Alfredo. Por vinte anos, me dediquei a ele, aguentando seu mau humor, suas grosserias e engolindo tudo sem brigar. Sei lá, de alguma forma, acho que eu lhe era grata por me dar uma casa e ter me feito ser sua mulher legítima. São coisas que eu prezo e, de mais a mais, essa foi minha formação: ser honesta e íntegra foi o que meu pai me ensinou.

Sofri muito esse tempo todo, chorava sozinha em meu quarto. Apesar disso, não me deixei parar no tempo. Estudei muito, li à beça e fiz inúmeros cursos. Sempre fui ligada,

Alfredo era tão ciumento que eu tinha que ter as aulas em casa, embora isso custasse o dobro. Ele não se importava porque estava milionário. Tinha uma banca de advocacia, quem conhece esses profissionais sabe do que estou falando. Mas foi correto comigo, como não tinha herdeiros, deixou tudo pra mim.

Quando ele morreu, ocorreu o inventário. Sem opositores, logo eu estava milionária. E me vi, da noite pro dia, sem saber o que fazer dessa fortuna toda. Logo, logo chegaram os "amigos" do Alfredo pra me ensinar o que fazer do dinheiro. Posso ser interiorana, mas não sou burra. Nunca fui tão paquerada em toda a minha vida. Espertalhões, conheço essa laia toda. Através do Alfredo, eu aprendi advocacia. Há, há.

Consultei a única pessoa no mundo em quem eu tinha confiança: papai. Ele me pediu um tempo, pois iria falar com seu gerente e logo me daria resposta. Papai pode ser bronco, ter passado a vida com a mão na terra, mas é muito inteligente e sábio, coisa que hoje é matéria rara. Seu gerente logo abriu uma conta em meu nome na Espanha e me aconselhou a só gastar os juros, que mesmo eu morando fora daria pra viver superbem. Pensei em Madri porque conhecia de cor seus quadros, seu cinema, e adorava sua música. Entre os cursos que fiz, um foi aula de canto. E se eu podia escolher, por que não Madri? De noite, acordava sonhando, me via cantando música brasileira em boites pequenas.

Deus meu, eu agora era livre e sabia o quanto isso havia me custado. Depositei um bom dinheiro na conta da minha família, que eram as únicas pessoas a quem eu era ligada. Tudo pra mim será novo. Vou olhar as coisas como se fosse pela primeira vez, porque de fato é assim.

Eu não tive adolescência, mal tive infância trabalhando na lavoura. Meu casamento com Alfredo foi quase uma escravatura. Não. Foi uma escravidão de fato. Pisarei no chão como os primeiros astronautas pisaram na lua. Dá até medo. Será uma emoção após a outra. Tenho chorado muito, não sei se de felicidade ou tristeza. É tudo isso misturado. Agora, de fato começarei a viver.

Quando estiver a bordo da primeira classe superluxo de um jato qualquer, eu que nunca saí do sul ou do Rio, tomando meu champagne pra lá de merecido, lembrarei e hei de conseguir rir muito, pensando como o destino às vezes pode ser sábio nas voltas que o mundo dá.

Peguei outro dia entre meus guardados essas anotações: sem olhar pra trás, ir pra uma cidade estrangeira de preferência onde não se conheça a língua. Me perder entre desconhecidos que amigos se tornarão. Sentir a angústia do não existir, existindo. Fazer tudo minuciosamente, ser mais um na multidão e adquirir uma nova persona. Mas o melhor de tudo será abandonar o meu antigo eu, minha casa e tudo que vivi até então. Poder recomeçar do zero. Afinal, isso foi por mim sonhado tantas vezes, cada briga que tinha com Alfredo eu engolia os desaforos ouvidos, sabendo que um dia isso teria um fim.

Esse dia chegou finalmente: movida madrileña, estoy a camiño! Sempre fui louca por Almodóvar! Tchin, tchin.

ENCHI

Cansei de tudo e de mim mesma, sobretudo.

Quer saber? Dia virá que ligarei o foda-se, chutarei o pau da barraca. Ando cansada dessa merda de ter que me comportar, nunca sair fora do estabelecido.

Foda-se, foda-se duas vezes!

Enchi de ser certinha. Agora, quero passar a viver liberta, liberada. Quero poder ousar, ousar muito e errar. Tenho verdadeira fascinação pelas pessoas que conseguiram se colocar como fracassadas e não ter vergonha desse rótulo. Sei que fracassei e disso sinto orgulho. É um privilégio encher a boca e dizer para todos: "Sou um fracasso".

Será assim que me sentirei. Que alívio!

Que peso imenso tirado das costas.

PEQUENOS VÍCIOS

Começou aos poucos. Naquela época, eu não precisava de dinheiro. Tinha até mais do que precisava.

Eu já era casada com a Vicky? Não. Não era não. Foi depois que ela, com sua boca úmida e suculenta, ofereceu-se a mim como a polpa de uma fruta, me fez perder o juízo e o caminho de casa. Naquela época, eu não era homo ainda. Hoje, penso quanto tempo perdi. Mas não é sobre a Vitória que vou escrever, não agora, embora ela ainda seja minha paixão total.

Meu nome é Maria. Maria simples. Sem segundos nomes. Gosto assim, foi papai quem escolheu. Ele era um profissional liberal ligado à importação e exportação. Por conta disso, viajávamos à beça e falo diversas línguas, embora não tenha recebido uma educação formal por causa da vida cigana. Mas viver é isso, perde-se aqui, ganha-se dali, aprendi cedo.

No jogo do perde e ganha, vou colocar no bloco das perdas a infinita sucessão de eventos sociais a que fui obrigada a comparecer. E, no bloco dos ganhos, as mesmas efemérides. Não quero confundir vocês, é isso mesmo. Ganhei e perdi igualmente.

Vou explicar antes que fique chato: papai morreu muito cedo e deixou-nos – a mim, mamãe e minha irmã – sem uma poupança, nada que nos ajudasse.

Ele era um aventureiro, não guardava nada, nem pra si, nem pros seus. Foi por isso que não nos obrigou a estudar, seguindo sua filosofia a vida se encarrega. No meu caso, eu me encarreguei e a vida ajudou.

Quando coloquei na tabela dos ganhos a vida social, é verdade. Quando eu frequentava cocktail e jantares logo no começo, era sem nenhuma malícia. Juro.

Não mencionei ainda a minha beleza. Não vou deixar de fazê-lo por falsa humildade. Sou bonita. Não. Sou muito bonita. E nessa época morávamos em Paris, só depois a Alemanha e Vicky cruzaram meu caminho. Vicky, não. Vicky é pra mim. Vitória pra quem não a conhece ainda.

Quando minha família soube de Vicky, cortou relações comigo. Tanto pior. A partir desse momento, minha família passou a ser Vicky e eu a dela.

Como já tinha as minhas relações sociais, e quando saía ninguém da minha ex-família jamais me acompanhou, eu estava livre pra voar e era o que ia fazer.

Aos poucos, passamos a constituir uma nova e outra família. Vicky sempre teve o dom de aglutinar pessoas a seu redor, e o dedo dela é o que havia de mais podre na praça. Ela era a estrela marginal. Fazia shows e tudo e obviamente era musa gay.

Graças à minha beleza, tive a vida muito facilitada. Enquanto o dinheiro durou, não precisei usar desse artifício. Mas quando ele começou a acabar, eu vi que não tinha jeito: comecei a sair com os amigos do papai pra pequenos programas, depois resolvi me prostituir direto. No começo, era um sacrifício, eu não gosto de homem mesmo. Mas, depois, inverti o jogo e comecei a estabelecer relações sadomasoquistas muito divertidas pra mim, os caras gostavam também, que eu sacava.

Minha vida com a Vicky, que a essa altura já havíamos nos tornado uma família, era de forma quase luxuosa. Havia temporadas que eram luxuosas mesmo. Nos tocamos que devíamos pensar no futuro e começamos a fazer nosso pé de meia, eu que gerenciava, ela nunca teve cabeça pra essas coisas.

Vicky, nesse período, começou a fazer shows em boate dançando e cantando. Em pouco tempo, havia estourado: era a nova musa gay da praça.

Começaram a surgir propostas pra programas a três. Eu, no começo, não queria. Vitória era mais saidinha. Pouco a pouco, sempre pensando na grana, comecei a topar. A primeira vez foi horrível pra mim. Fiz tudo mecanicamente e, quando fui pra casa, desabei a chorar. Aos poucos, foi se tornando mecânico mesmo, só que eu não chorava mais.

A vida é uma grande escola que a todos ensina. Sofre-se no começo, depois passa.

Hoje, faz vinte anos que estamos juntas. Casei Vicky com um conde alemão falido, mas conde. Quando estivemos no Brasil, adotamos um casal de crianças de cor.

Não podemos nos queixar de falta de dinheiro. Sempre saímos juntas nas revistas de celebridades daqui e do Brasil. Somos convidadas por toda a sociedade.

Impossível um casamento mais feliz que o nosso.

UM GRITO

Te imploro, nunca te implorei nada, nós dois sabemos. Não me abandone, não me deixe a sós comigo. Tenho muito medo de mim. Sou aquela criança de colo que a babá mostrava desde o oitavo andar de um edifício em Copacabana àquele futebol indistinto na areia. Desde então, meu medo só fez crescer. Só você me protege de mim mesma. O mal que posso me causar é imenso. E não conheço antídoto. O exorcismo talvez fosse uma ideia um tanto bizantina na verdade. Repito: só você me protege de mim mesma. No aconchego dos seus braços, onde, através de seu calor, me sentirei a salvo. Única saída. Embora um tanto precária.

Aquele bebê deve aprender a andar, mas ele não quer. Ele sabe que pode ser cruel, extremamente cruel consigo mesmo. Ele sabe, eu sei, você sabe, nós sabemos o que ele é capaz de fazer consigo mesmo e com as pessoas à sua volta. Tremo só de imaginar eu e minha fragilidade ao relento. Necessito de um pique, necessito de um abrigo, e você representa os dois pra mim.

Eu posso tornar-me perigosa no meu desalento, sei bem disso.

Você deve achar "ai, que saco, lá vem ela com mais uma chantagem". Porra, não é e você bem no fundo sabe disso.

A grande verdade é que eu nunca cresci. Psiu, ninguém precisa saber disso. Mas a minha solidão, o meu desespero e a morte rondando são os mesmos de quando eu era uma menininha sem pai nem mãe.

De todas as formas e maneiras, cansei de ferir-me vida afora, sendo sempre minha pior inimiga. A verdadeira dor não é aparente, esses são os piores sofrimentos. Quando não falamos, nem temos coragem de fazer o que agora faço aqui: pedir socorro.

A morte, essa velha conhecida, espreita. Qualquer vacilo meu pode ser fatal. É foda viver assim: equilibrista sem rede.

Cravo uma estaca em meu peito. Tenho que fincá-la profundamente, senão, tenho medo de querer arrancá-la depois.

FERVO A ZERO GRAU

Eu vivo tropeçando em mim mesmo. Pretendo saber tudo e nada sei. Nos becos em que me escondo, a barra é tão pesada que a polícia ali não entra.

Não foi sempre assim, não fui sempre assim, só e marginal. Nasci em berço de ouro, tive família com sobrenome famoso e coisa e tal. Começou pouco a pouco, pouco a pouco. Eu me vendi: uma fileira aqui, primeiro a cocaína. A hero veio a reboque, e agora eis-me vendendo pra comprar. Até quando, senhor, até quando? Deus, quanto queria um amor, mas quem vai me querer, vivendo de buraco em buraco, de barraco em barraco? Quem? Tenho rezado tanto, à procura de uma cura espiritual que viesse de outra dimensão...

Consegui com muita força parar com a droga, o álcool, cigarro, tudo. Quero estar pronto pro que vier a se apresentar: o grande amor, ou o desenlace de minha vida. Nada mudou. Como reflexo de tudo o que vivi até então, continuei só, sem amigos, sem amor... Vocês já estiveram desesperados? Sabem realmente o que isso significa? Pois foi como fiquei anos, à espera de minha redenção. Eu deveria purgar ao menos o que fizera nesta vida. Queria ficar limpo e encarar de frente o que viesse a acontecer... Foi melhor assim. Pelo menos, eu poderia olhar a todos sem vergonhas ou inibição... Mas foram anos difíceis. Como resultado do meu esforço, não obtive grandes recompensas.

Aguentei firme. Pouco a pouco, comecei a me sentir melhor. Mais tranquilo, mais forte, sem tanto sentimento de culpa. Comecei a prestar serviço voluntário pra minha comunidade e consegui finalmente enxergar o outro, o meu irmão. Descobri que sempre fora autocentrado, razão pela qual havia virado um fantoche.

Sentia meu coração tranquilo. Havia chegado o momento esperado. Era a hora de transpor o umbral da vida.

Precisava tanto me salvar...

Esperem aí, ouvi um som e uma luz. Vinha me cegar. Não disse? Milagres ocorrem. Por que não comigo? Tava acontecendo: senti o coração apaziguado e a luz que me cegava veio junto com a Virgem. E vão me levar pra lugar sagrado onde terei paz e sentirei amor. Pronto! Acionei o gatilho. Acabou.

NOTAS SOBRE O ABISMO

Espreitando por entre as frestas da janela recoberta pelas ondulações do voile da cortina, mal consigo distinguir um vulto, que dirá reconhecer alguém. Quanto tempo estou de pé nesta mesma posição absurda por pura impossibilidade de fazer outra coisa? Por pura impossibilidade de ser? Não convém responder. Devo poupar-me até ao menos o cair da noite. Preciso resguardar-me para o desfecho. Que será rápido, espero.

No curto espaço que separa a janela da escrivaninha, finjo movimentar-me (ou me movimento?), tento escrever esta que pretendo uma carta póstuma. Uma carta para alguém, que certamente não existirá, posto que nunca existiu. Sempre que me sento para escrever sinto como se minha alma estivesse separada do corpo, como se o houvesse abandonado. Segundos depois, ela como que volta e se reintegra. Será minha alma adivinha? Será que já percebe o desenrolar dos fatos?

Desde cedo, encontro-me nessa inquietação. Desde que mandei publicar nos jornais e lá vi divulgada a nota da minha morte no obituário.

Sempre imaginei como seria quando de fato morresse e, agora, eis-me morta. Se não de fato, ao menos formalmente.

De uma forma ou de outra, chego ao fim. Escrevo do abismo, buscando uma resposta solitária às provocações do mundo. Essa asfixia pela minha impossibilidade física em horas se tornará real.

Quero neste réquiem, neste meu voo imóvel, olhar dentro de mim. Penetrar-me sem clemência. Ou este olhar sustentará minha existência ou a terei devastada para sempre. O que vivi sobreviverá ao contemplar o meu passado? Qual a importância de tudo isso doravante? Que relevância terá tudo isso diante do que estou prestes a fazer depois?

Volto à escrivaninha e me forço a escrever. Obrigo-me a repetir esse que se tornou hábito diário de tanto prazer e tanta dor. Esse dom que se transformou na maldição responsável por este terrível isolamento.

Há quantos meses meu telefone não toca? Ah! Sim, às vezes, a gerente do banco ou a amiga da empregada deixam seus recados na secretária eletrônica.

Amigos? Não os tenho mais. Ou morreram, na sua grande maioria, ou me abandonaram, em grande parte. Eis-me inapelavelmente só.

Encantada pela música das palavras, esqueci de viver. Agora, é tarde. Tenho consciência e é isso que mais me dói. Mas a solidão não foi inerente a essa minha escolha? Como poderia frequentar cocktails alegremente e ir a festas com desenvoltura, se o escrever é ciumento e requer exclusividade? Amigos poderia ter cultivado. Por que não o fiz? Agora, mentir tornou-se desnecessário, supérfluo, ridículo até, eu diria. A verdade é que eu sempre fui egoísta demais. Mesmo aos filhos e netos que atenção dediquei? Nunca dei nada de mim, o que esperar agora dos outros? Cada vez mais, a verdade me invade, soberana. Não peço indulgências de nenhum gênero. Não há como voltar atrás ou congelar o passado. O passado é lâmina afiada que não tardará em sua incisão interna. Agora, será uma questão de horas. Mas volto a ele que agora se impõe, cruel e gelado, sem prerrogativas. Optei por gatos. Nós nos parecemos em nosso narciso egocentrismo. Ademais, gatos quase nada pedem em seu caminhar altivo e solitário como o meu. Tento me iludir, me desculpar, pensando que escolhas implicam renúncia.

Vocações como a minha implicam dor, um peso que a solidão provoca.

Homens, tive muitíssimos em minha juventude. Belos, talentosos e ricos. Sumiram um a um. Não lamento. Só me causaram dissabor. A campainha do portão me desperta do torpor de meus devaneios. Alguém se lembrou da minha existência: olho mais uma vez pela janela, consigo distinguir o carteiro que joga displicentemente um telegrama pela grade. Quem será? Quem estará pranteando minha morte? E que rapidez em fazê-lo... Não sei. Desisto de descobrir agora. Uma imensa lassidão envolve todo o meu corpo e deixo-me cair no sofá, posição fetal. Sim, é verdade, dentro de algumas horas, voltarei de onde vim, devo lembrar-me. E elas, as horas, agora parecem querer voar.

Eu deveria ter sido avisada: a vida não permite troca nem aceita substituições. Em caso de queixa, dirija-se ao caixa. É o que pretendo fazer se, quando chegar a hora, gerentes houver.

Estranho isso: meu senso de humor – de humor negro, é verdade – retornou, pretendendo rir até quando não existem mais motivos.

Escolhi terminar nesta casa por ser mais fácil. Que ironia... Eu, que vivi uma vida de rebuscamentos, pretendo para mim um simples final. Verdade, tinha razão meu ex-marido, que já se queixara. Sou mesmo inapreensível... Mas a verdade pura e simples é uma só: não quero que nada dê errado quando chegar o fim. Posso não ter tido uma vida digna, porém meu final será. Por isso, escolhi a casa onde nasci, a casa de meus pais. Todos que aqui viveram se foram e eles sim se foram sabendo ir. Se foram com dignidade. Não quero ser mórbida, mas meu grand finale corre riscos mínimos de erro. Uma vez aqui, com a casa fechada e vazia, nada pode me impedir agora. Mesmo os empregados não existem mais.

É inútil esperar. É inútil esperar tanto. Ninguém virá me dizer eu te amo. Que lugar comum, Martha! Logo você, uma grande escritora. Querer fechar a vida com esse clichê vazio. É. Melhor abreviar essa minha despedida. Quero que agora tudo se torne ligeiro.

Recosto-me no sofá. Pílulas e água. Docemente, penetram enchendo meu ser de luz, será impressão? Ouço crianças ao longe, como a que eu fui, daquelas que não mais existem. Antigas, felizes. Correm e jogam amarelinha... O vaivém dos balanços... Risos... muitos risos... Crianças do século passado... Quem diria... O bailado... Todas felizes, como um dia eu fui... Consigo ainda ouvir a gravação do celular: Não existem novas mensagens em sua caixa postal. Que bom... Alívio... Acabou.

MINHA ALMA VAGABUNDA

Minha alma vagabunda quer passear por aí.

Mulher de seus trinta anos que nunca teve coragem de largar os pais, por seus problemas e chantagens deles, resolve de um dia pro outro jogar tudo pro alto. Quase sem dinheiro nenhum, sob pseudônimo, ir morar numa pensão e recomeçar a viver do zero. De longe, ela observa a família. (escrever sob forma de um diário)

Ela finalmente descobre o amor e o que pretende da vida. Começa com um longo desabafo e acaba com ela se descobrindo grávida (sem pai), que quer viver de escrever, ao reler o que fez até ali.

Entrega os originais pra uma editora, que resolve publicar sua aventura (seu diário) dando outra forma a isso. Coisa que acaba virando uma minissérie de muito sucesso e ela sustentando a família, mas agora morando só.

Se apaixona por escrever.

1º DIA

Me chamo Marieta e tenho horror ao meu nome. Acho a Marieta Severo uma pessoa genial, extraordinária, mas nada me faz gostar de nossos nomes.

Acabei, quer dizer, o João acabou nossa relação de anos, e casou-se, juntou-se, sei lá, com uma menina que acabava de conhecer. Verdade que a vida toda ele quis morar comigo, e eu, por medo de deixar meus pais sozinhos, não tive coragem. No entanto, não me ofendo pelo João, nossa vida a dois já estava bastante desgastada. Mas isso tudo me fez pensar. O que fiz de mim esse tempo todo? Deixei de viver por meus pais e pelo João afinal.

Os macaquinhos do meu sótão interno se soltaram e estão fazendo festa na minha cabeça, sugerindo coisas. E estou bem tentada, pela primeira vez na vida, a ouvi-los. Já estou com mais de trinta e, pelos outros, me esqueci de viver.

Acho que a hora é essa. Senão, é como aquele ditado cafona, que nem me lembro bem: "Quem passou pela vida em brancas nuvens, sei lá o que, sei lá o que, passou pela vida e não viveu".

Estou escrevendo de forma racional, contida, aparentando tranquilidade. Ninguém sabe (eu não demonstro) o tanto que ando sofrendo. Tenho chorado muito, sozinha em meu quarto, e meu humor está tão instável que preciso mesmo me conter para não explodir. Já tomei minha decisão: largar a casa e meus pais e ir à luta. Mas ninguém nem imagina o quanto isso está me custando e a culpa que carrego na alma...

Viver não está sendo nada fácil. Deixá-los já velhinhos me preocupa muito. Por essa razão, resolvi sair de casa, adotar um pseudônimo, mudar completamente o visual – de loira, vou me tornar morena –, arrumar um emprego, mas não longe daqui, de forma que eu possa observá-los à distância e, se algo ocorrer, estou pronta para acudir. Mas separada deles e tentando uma nova vida.

A única coisa boa que extraí de tudo isso foi o grande prazer que está sendo escrever este diário. Sempre amei ler. Não sabia que conseguiria escrever tão direitinho.

2º DIA

ROSARIO NASCIMENTO E SILVA

Maria do Rosario Nascimento e Silva, ou apenas Rosario Nascimento e Silva, deixou para trás tudo o que se poderia esperar de uma bela mulher na década de 60. Passou de um lindo rosto das capas de revista e de uma promissora carreira como modelo fotográfico a atriz, em 1968, com sua estreia no cinema, dirigida por Neville D'Almeida em *Jardim de guerra*. Dona de um humor ácido e um olhar crítico e feroz, fez do Cinema Novo sua casa. Participou das produções mais importantes da época, como *Capitu*, *Macunaíma* e *Juliana do amor perdido*. Foi dirigida por grandes nomes, como Paulo César Saraceni, Waldir Onofre (de *As aventuras amorosas de um padeiro*, do qual Rosario é protagonista) e Joaquim Pedro de Andrade, e foi ao lado de Bruno Barreto que passou para trás das câmeras – assinou com o diretor seu primeiro curta, *Quarta-feira*, como roteirista, diretora, montadora e diretora de produção. Dali, fez voo solo, assinando a direção e o roteiro de mais um curta, *Eu sou brasileiro*. Seu próximo projeto, o primeiro longa-metragem, *Marcados para viver*, conquistou vários prêmios. Esta foi a primeira produção assinada por uma mulher brasileira, e foi convidada para ser exibida em Cannes e no Women's Film Festival em Nova Iorque, tendo também participado do Los Angeles Film Festival. O longa recebeu o Prêmio da Crítica Paulista na categoria *direção revelação* e o Prêmio Adicional de Qualidade outorgado pela Embrafilme.

Atriz, roteirista, produtora, cineasta, dramaturga e escritora. Em seu RG, a brasileira Maria do Rosario Nascimento e Silva.

BIBLIOGRAFIA

Teatro
Tanto por fazer, em coautoria com Tessy Calado (2003)

Contos
Abrace-me urgentemente (2007)

Crônicas
Rosa Rosae Rosario, coluna no jornal Diário de Notícias

FILMOGRAFIA

Como atriz

Jardim de guerra, de Neville D'Almeida (1968)
Os marginais, de Moises Kendler e Carlos Alberto Prates Correia (1968)
Capitu, de Paulo César Saraceni (1968)
Macunaíma, de Joaquim Pedro de Andrade (1969)
Juliana do amor perdido, de Sérgio Ricardo (1970)
Piranhas do asfalto, de Neville D'Almeida (1971)
As aventuras amorosas de um padeiro, de Waldir Onofre (1975)
Ninguém segura essas mulheres, de Harry Zalkowistch (1976)

Como roteirista e diretora

Quarta-feira, curta em coautoria com Bruno Barreto (1972)
Eu sou brasileiro, curta (1973)
Marcados para viver, longa (1976)
As pequenas taras, longa em coautoria com Almir Muniz (1980)

Como produtora

Paraíso no inferno, de Joel Barcellos (1976)
Os noivos, de Afrânio Vital (1979)

Outras publicações da Dublinense

ROMANCE

Sanga Menor · *Cíntia Lacroix* (finalista do Prêmio São Paulo de Literatura 2010)

Crime na Feira do Livro · *Tailor Diniz* (finalista do Prêmio Açorianos 2010)

Fetiche · *Carina Luft* (finalista do Prêmio Açorianos 2011)

Sob o Céu de Agosto · *Gustavo Machado* (a ser publicado na Alemanha em 2013)

CONTO

No inferno é sempre assim e outras histórias longe do céu · *Daniela Langer*

Daimon junto à porta · *Nelson Rego* (vencedor do Prêmio Açorianos 2011)

Delicadamente feio · *Ricardo Silveira* (finalista do Prêmio Açorianos 2011)

O homem despedaçado · *Gustavo Melo Czekster*

A vida é breve e passa ao lado · *Henrique Schneider*

POESIA

Leia-me toda · *Claudia Schroeder* (3º lugar no Prêmio Biblioteca Nacional 2011)

CRÔNICA

Peregrina de araque · *Mariana Kalil*

Conheça também nossos ebooks.

Para consultar nosso catálogo e obter mais informações
sobre os títulos, acesse www.dublinense.com.br.

dublinense

Este livro foi composto em fonte Minion Pro e impresso
na gráfica Pallotti, em papel pólen bold 90g, em março de 2012.